GABO : Memorias de una vida mágica

© Rey Naranjo Editores 2013
© Oscar Pantoja, Tatiana Cordoba, Felipe Camargo Rojas

Korean Translation © 2015 Green Knowledge Publishing Co.
Arranged through Icarias Agency, Seoul, Korea.
All rights reserved.

# GABO 마르케스

## 가보의 마법 같은 삶과
## 백년 동안의 고독

| 글 | 그림 | | | 옮김 |
|---|---|---|---|---|
| 오스카르 판토하 | 미겔 부스토스 | 펠리페 카마르고 | 타티아나 코르도바 | 유아가다 |

푸른
지식

나는 흙을 먹던 여동생과 예지 능력이 있던 할머니,
그리고 절대로 행복과 광기를 구분 짓지 않던 똑같은 이름의 수많은 친척들과 함께
그 큰 집에서 보낸 슬픈 내 유년시절에 대한 시적 증거를 남기고 싶었다.

첫 번째

일러두기
본문의 *표시는 저자주이며 각주는 모두 옮긴이주이다.

"옛날 행복했던 시절이 생각나. 가족들과 해변가를 산책하던 순간들 말이야."

가보는 도로에 집중했다.

아이들의 나지막한 말소리를 들으며 가보는 지난 20년 동안 단 한번도 그의 머리를 떠나지 않은 이야기를 생각했다.

열아홉 살에 쓰기 시작했으나 미완성인 그 이야기. 가보는 그 이야기에 '집'이라는 제목만 붙인 채 아직까지 첫 장도 시작하지 못하고 있던 터였다.

그런데 불현듯……

가비토[1], 얼음을 만져봐.

얼음이요? 뜨거워요, 할아버지.

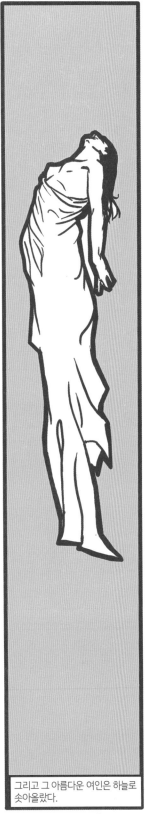

그리고 그 아름다운 여인은 하늘로 솟아올랐다.

1) 가비토는 가보의 애칭으로 친한 친구나 가족들처럼 스스럼없는 사이에 불렸던 이름이다.

메체*! 메체!

왜요?

드디어 떠올랐어!
생각이 났어!

무슨 생각이요?

*매체는 메르세데스의 애칭이다.

이제 '집'을
완성시킬 생각이 모두
떠올랐다고!

무슨 집이요?

그 집 말이야!
우리 할아버지의 집! 우리
아버지의 집! 이제 어떻게
이야기를 시작해야 할지
알겠어. 소설의 시작이
생각났어!

섬광처럼 떠올랐어
드디어 느낌이 와

세상에나, 가보!

정말 좋은
소식이네요……

할아버지, 얼음은
차갑지만 타는 듯한
느낌도 나요.

"갓 형성된 마을인지라
많은 것들은 이름이 없었다."

"그래서 무언가를 말하려면 일일이
손가락으로 가리켜야 했었다."

"마을은 선사시대의 공룡 알처럼
매끄러운 흰색의 큰 돌들이 깔린 강바닥 위로
맑은 물이 흐르는 강가에 있었다."

나오려고 해요?

아직.

그만 좀 기웃거리고 어서 집안일이나 해.

물을 더 끓여와.

침대 시트를 더 가져와.

"나에게 가장 생생하게 남아 있는 어릴 적 기억은 사람들에 대한 것이 아니라 바로 할머니, 할아버지와 함께 살던 그 아라카타카의 집에 관한 것이다."

"그 집은 아직도 내가 자주 꾸는 꿈이기도 하다."

"아직도 나는 매일매일 내가 그 집에 있는 게 마치 꿈이 아니라 현실처럼 느끼며 깨어난다."

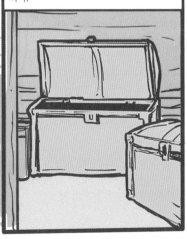

"그때 꿈에서까지 나를 짓눌렀던 감정이 아직도 내 안에 살아 있다. 밤마다 찾아왔던 그 알 수 없는 불안감."

"늘 해질녘에 어김없이 찾아와 꿈속에서까지 나를 초조하게 했던 그 기분은…"

"여명을 알리는 빛이 문틈 사이로 스멀스멀 기어들어 올 때까지 지속되곤 했었다."

조금만 참아, 곧 나올 거야.

어휴, 아기 엄마가 죽을 고생이구만.

산티아가 아가씨가 견딜 수 있을까 몰라.

조금만 더 힘을 줘.

아아!

끄응!

새벽이 밝아오고 몇 시간 후,
1927년 3월 6일 일요일.
세찬 소나기가 내리기 시작했다.
계절상 건기였지만 말이다.

가보의 할아버지가 될 루이사 산티아가의
아버지는 집을 나왔다. 딸을 위해 기도하고
싶었기 때문이었다. 몇 년 전 다른 딸을 잃었기에
다시는 그런 불상사가 일어나지 않기를 기도했다.

이제 나오고
있어!

이걸
풀어야겠네.

가보는 목에 탯줄을 감고 태어났다.
세월이 흘러 성인이 된 뒤 친척들이 그때 일을
설명해줬고, 가보는 항상 자신을 괴롭혔던
폐소공포증의 원인을 거기서 찾았다.

가보의 고모할머니 프란시스카
시모데사는 아기를 보호하기 위해서
가슴에 럼주를 발라 문지르고 나쁜 일
없이 잘 크라는 뜻으로 성수를 뿌렸다.

응애

가브리엘 가르시아 마르케스는
4.2킬로그램으로 태어났다.
세 살 반이 되었을 때 세례를
받았고, 그때의 기억은 생생히
남게 된다.

19

첫 손자의 탄생에 마르케스 대령은 어찌나 행복했던지 바로 성대한 축하 파티를 열었다.

대령님, 축하드려요!

이놈은 아주 중요한 사람이 될 거야.

우리 꼬마 나폴레옹.

할아버지는 손자의 멋진 미래를 기원하며 그를 '꼬마 나폴레옹'이라고 불렀다.

가비토의 아버지, 돈 가브리엘 엘리히오는 그의 장남이 태어날 때 곁에 없었다. 그는 전신기사로 라과히라의 리오아차[2]에서 일하고 있었고 몇 달 후에야 아들을 볼 수 있었다.

아가, 어서 자자. 아빠가 오신대.

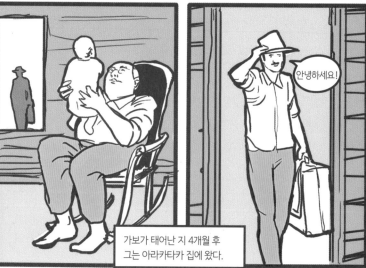

안녕하세요!

가보가 태어난 지 4개월 후 그는 아라카타카 집에 왔다.

2) 콜롬비아 라과히라 주의 주도.

20

3) 인체의 질병 증상과 비슷한 증상을 유발시켜 치료하는 방법.

천일전쟁의 대령, 돈 니콜라스 마르케스는 그의 부인 도냐 트랑킬리나 이구아란과 함께 어린 손자의 양육을 책임지게 되었다.

우리 아기가 물을 좋아하는구나.

가보는 아홉 살 때까지 아라카타카 집에서 살았다. 그 마을은 카리브 해를 바라보며 콜롬비아 중앙에 자리 잡고 있는 시에라네바다 데 산타마르타 산맥의 지맥에 위치하고 있었다.

조부모의 집은 훗날 가보가 창조하게 될 단 하나의 환상적인 세계의 배경이 된다.

가비토, 여기로 해방군이 지나갔단다.

할아버지 집엔 대부분이 여자였다. 할머니, 고모, 친척들, 그리고 인디오 여자 노예들과 라과히라에서 일자리를 찾아 도시로 온 하녀들이 있었다.

가비토는 할아버지로부터 내전, 서커스, 영화, 그리고 바나나 회사에 관한 이야기를 들으며 자라게 된다.

또한 예시 능력이 뛰어난 할머니의 영향으로 유령들로 가득한 거대한 집에 혼자 남는 것에 대한 두려움을 안고 자라게 된다.

"나는 흙을 먹던 여동생과 예지 능력이 있던 할머니, 그리고 절대로 행복과 광기를 구분 짓지 않던 똑같은 이름의 수많은 친척들과 함께 그 큰 집에서 보낸 슬픈 내 유년시절에 대한 시적 증거를 남기고 싶었다."

먼저 집에 가네.

대령님, 조심해서 가세요!

저기 메다르다의 아들 아닌기?

성난 황소처럼 걸어오네.

당신이 대령이라도 할 말은 해야겠소.

젊은이, 흥분하지 말게.

우리 어머니의 수치심을 씻으러 왔소.

씻어야 할 건 하나도 없네, 다 헛소문이라고.

대령은 자기 자신을 방어해야 했기에 그만 권총을 꺼내 젊은이를 쏘고 말았다. 마을 사람들은 그 사건이 피할 수 없던 운명 같은 사고였다고 말했다. 세월이 흐른 뒤, 대령은 회상에 젖어 손자에게 그 이야기를 해주며 말했다. "한 사람의 죽음이 얼마나 무겁게 날 짓누르는지 넌 상상도 못할 기다."

25

단단히 잡고 있어.

네.

사소한 것에도 신경 써야 해.

흙이 좋아 예쁜 정원을 만들 수 있겠어요.

여보, 곧 집이 완성될 거 같아.

하느님 감사합니다!

자, 어서 위로 줘.

첫 번째 그림.

집이 예쁘게 완성됐어요.

수 개월간의 작업 끝에 드디어 니콜라스 마르케스 대령과 그의 부인 트랑킬리나 이구아란, 그리고 미래의 대가족과 가보의 집이 완성되었다.
그 집은 매우 크고 넓었으며 벽의 일부는 벽돌, 일부는 나무, 바닥은 시멘트로, 그리고 천장은 아연으로 만들어졌다.

이제 우리가 지은 집에서 잘 살기만 하면 돼.

대령과 부인은 달콤한 휴식을 취할 수 있었다.

당신 말대로 되기를 바랄게요.

내 서재에 걸어둘 그림을 부탁해야겠어.

그림을 다 그릴 때까지 움직이면 안 돼.

화장실 가고 싶어요.

대령은 마을 사람들과 친분을 쌓아가기 시작했다.

그 집 정말 예쁘지 않아?

정말 멋지더라.

그는 마을 행사에 참여하기 시작했고 많은 사람들을 알게 되었다.

와, 정말 멋진 연주네요.

이건 산 펠라요 빠빠제라 악단이야.

그리고 대령은 다시 금은세공술 작업실을 열고

가는 곳마다 자신을 유명하게 해준
금은세공 물고기들을 만들기 시작했다.

트랑킬리나가
요리를 하고 있으면
대령은 부인에게
자기가 만든
물고기를 보여주러
오곤 했다.

트랑킬리나!
이것 봐, 내가 또
연금술을 부렸어!

세상에나, 또 악마를
부르려고 시안화물[4]을
태웠군요.

시안화물은 악마를
부르는 게 아니라 금속
조각들을 붙이는 데
사용하는 거야.

왜 다른 건
만들지 않아요?

제발 그러기를
바래요, 제발.

그럴 생각 없어.
언젠가 이 물고기들이
날 유명인사로 만들어
줄 거야.

4) 사이안화수소산의 염을 말하며, 주로 화학반응에서 생산된다. 종류는 매우 많으며 상태는 기체, 액체, 고체 여러 상태이고 사이안화 이온을 방출할 수 있는 것들은 매우 독
성이 강하다.

가보의 가족은 해변에 도착했다. 가보는 당장이라도 돌아가고
싶었지만 행복해하는 아이들을 조금 더 놀게 해주고 싶었다.
거기서 가보는 멕시코시티로 돌아가서 참고할 메모를 했다.

모래를
더 넣어.

싫어, 싫다고.
이걸로 충분해.

얘들아,
싸우지 말고.

집은 비밀이다.
그게 핵심
축이야.

얼음, 그래.
얼음이 집에
열기를 불어넣어
줄 거야.

내 행동은 당신과 아이들에게 불공평해.

아뇨, 지금 돌아가지 않는 게 불공평한 거예요.

México D.F.     30k

로마스 데 산 앙헬 인

엄마, 나 졸려.

아이들은 내가 돌볼 테니
당신은 스튜디오로 가요.

백 년 동안 등장인물들의
이름은 반복되어야 해.

얘들아,
이제 자자.

새로운 세계를
만들어야 해.

할 수 있을지
모르겠군.

지금 할 수 있는 최선은
생각을 접고 쓰는 거야.

준비 됐어요?

이게 우리가 가진 돈 전부야.
시간이 얼마나 걸릴지 모르겠어.

걱정 마요.
당신이 책을 끝낼 때까지
이 집에서 부족한 건 없을 테니까요.
이제 글만 쓰면 되요.

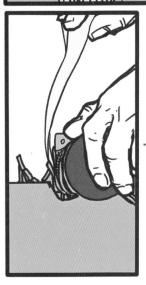

'할아버지, 이게 뭐죠?'

'얼음이다, 가비토,
얼음.'

'글쎄, 지난번에
머리 없는 남자가 집 앞을
지나갔는데, 아무렇지도 않아
보이는 거 있지.'

'얼어붙은 소녀는
하늘로 떠올랐다.'

'죽은 사람들을
바나나 뭉치처럼 기차에
쑤셔 넣었다.'

'아우렐리아노
부엔디아 대령은……'

콜롬비아 공화국은 자유당과 보수당의 대립으로 내전을 겪게 된다. 보수주의자들이
권력을 행사하는 동안 자유주의자들은 자신들의 권리를 찾기 위해 목소리를 높이고 있었다.
결국 두 이데올로기의 대립은 천일전쟁을 야기시켰다.

보수와 자유주의간의 분쟁은 걷잡을 수 없게
되었고, 전쟁이 가장 극심했던 곳은 콜롬비아
북부와 대서양 연안 지역이었다.

내전의 결과로 콜롬비아의 일부였던
파나마는 독립했으며, 내전으로 인해
십만 명 이상의 인명피해가 있었다.

각 주의 독립성을 강조하는 연방 제도를 표방했던 리오네그로 헌법 폐지 이후
1866년 새로운 헌법이 공포되었다. 새로운 헌법은 기존의 제도에 반대되는 것으로
보수주의자들을 중심으로 강력한 중앙정부를 다지고자 했다.

서른다섯 살의 니콜라스 마르케스 대령은 안락한 집과 금은세공 물고기를 만들던 보석상을 그만두고……

자유주의당을 지지하기 위해 전쟁에 참여했다. 그는 내전 내내 용맹하게 싸웠다.

대령은 내전으로 영웅처럼 싸운 아들 하나를 잃었다. 그의 이름은 카를로스 알베르토 마르케스였다.

그의 혼외 자식들은 그와 반대로 보수주의당 편에 합류해 싸웠다.

자유주의자들은 궁지에 몰리게 되었고, 포위되었으며

결국 평화협정에 서명할 수밖에 없게 되었다.

1902년, 시에나가 지역의 바나나 농장 네를란디아에서 평화협정을 체결하였다. 자유주의자들은 전쟁에서 졌다.

니콜라스 마르케스 대령은 고향, 바랑카스로 돌아가 부인과 아이들과 함께 새로운 인생을 꾸렸다. 그의 합법적인 세 번째 자녀가 1905년에 태어났다. 이번에는 딸이었고 이름은 루이사 산티아가였다. 바로 그녀가 훗날 가보의 엄마가 된다.

내전이 발발한 1899년, 보스턴에 본사를 두고 있는 미국 회사 유나이티드 프루트 컴퍼니[5]가 마그달레나 주의 산타마르타에 설립되었다. 이 회사는 빠른 속도로 바나나 농장 지역마다 세력을 확산했다.

카리브 연안의 모든 지역과 해외의 많은 이들이 엄청난 부를 약속하는 미국회사에서 일하기 위해 몰려들었다.

아라카타카는 세상에서 잊혀진 농촌에서 콜롬비아 카리브 연안 지역 발전의 중심지로 변모했다.

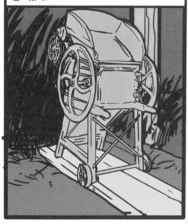

오랜 세월이 흐른 뒤, 가보는 유나이티드 프루트 컴퍼니의 등장과 함께 아라카타카가 미국 남부의 한 주처럼 변해갔다고 회상했다. 도시 외관도 청바지 차림의 미국 소도시와 다름없었다.

수확된 바나나는 기차를 타고 외국으로 실려 나갔다.

5) United Fruit Company. 지금은 없어진 미국의 기업이다. 제3세계 국가의 농장에서 재배된 열대 과일 (주로 바나나)을 미국과 유럽에서 판매했다.

38

세계 주요 도시들의 온갖 종류의 상품들이
아라카타카로 밀려오고 있었고,

미국 회사의 관리자들은 자신들이 살고
있는 곳을 최대한 고향과 비슷하게
만들어 아늑한 생활을 하기 위해서
미국에서 많은 물건들을 가지고 왔다.

지역 주민들 역시
외국에서 들어온
가전제품과 생활용품들에
익숙해지기 시작했다.

아라카타카는 타지에서 온 방문객들과
매년 이곳을 찾아오는 집시들로 넘쳐났다.

유나이티드 프루트 컴퍼니 설립 14년 후,
아라카타카에는 이미 3000명의 주민이 살고
있었다.

유명한 축제와 카니발은 말 그대로 중요한 행사가
되었다. 축제 때면 온 주민이 광장으로 모여들었다.

거리예술가들, 노점상들,
그리고 갖가지 놀이 시설들이
악단의 리듬에 맞춰 분주히
움직였다.

1920년의 유나이티드 프루트 컴퍼니는
바나나 농장 지역과, 일꾼들, 정치인들, 그리고
경찰까지 지배하던 거대한 독점회사였다.

각 지역마다 자회사들이 더 많은 이윤을
획득하며 우후죽순 설립되었다.

회사 내에는 고기, 가전제품, 건설자재, 그리고 얼음 제작을 담당하는 자회사들이 있었다.

가보가 자라게 되는 니콜라스 대령의 집 앞에도 유나이티드 프루트 컴퍼니의 사무실이 있었다.

다국적 기업이 가져다준 진보의 물결 속에 온 마을은 광기 상태에 있었고…

…잦은 싸움과 축제들 그리고 술주정뱅이들의 난동은 날이 갈수록 심해졌다.

결국 대주교구에서는 길을 잃은 양들을 정리할 수 있도록 신부를 파견했다.

6) 얼음

파견된 신부가 가장 먼저 한 일은 교회 설립이었다. 많은 시간이 흐른 뒤, 들리는 바에 의하면 페드로 에스페호라는 신부가 어느 화창한 오후, 신자들 앞에서 공중 부양하는 기적을 행했다고 한다.

부우우우우웅!

오, 성인이시여!

거룩한 동정녀여!

마술이야!

내 아들들아, 너희들은 올바른 길로 걸어가야 한다.

네, 신부님.

1928년, 엄청난 이윤을 챙기는 거대한 독점회사였던 유나이티드 프루트 컴퍼니에 조금씩 문제가 생기기 시작했다. 노동자들이 불만을 품기 시작한 것이었다.

회사가 점점 더 부자가 되어가는 동안 노동자들은 부당한 임금을 받으며 매일매일 힘겨운 노동과 뜨거운 태양을 견뎌야 했다.

노동자들은 힘을 모아 조합을 만들어 작업 환경 개선을 회사 측에 요구했다.

유나이티드 프루트 컴퍼니는 정부에 신변 보호를 요구했고, 노동조합의 시위를 막기 위해 정부는 1800명의 군인을 파견했다.

3000명의 노동자들이 마그달레나의 시에나가 중앙 광장에 집결해서 회사 측이 제시할 해결책을 기다리고 있었다.

그때 무장한 군인들이 기관총을 조준했다. 사령관은 노동자들에게 집으로 돌아가지 않으면 발사한다고 했다.

4분이 지났고 노동자들은 움직이지 않았다. 사령관은 다시 말했다. 만약 1분 안에 해산하지 않으면 총을 쏘겠다고. 그때 노동자들 중 누군가 대답했다.
"저들에게 나머지 1분을 선물로 줍시다!"

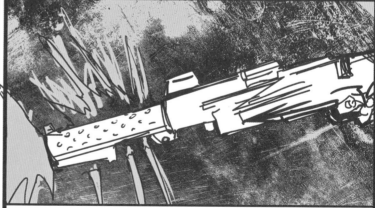

훗날, 가보는 1928년 12월 5일, 바나나 농장 학살사건이 일어난 날에 노동자 중 한 명이 말한 그 문장을 자신의 책에 사용했다. 이로써 아라카타카와 다국적 기업이 활동한 이 지역의 황금기가 막을 내렸다.

1982년, 스웨덴, 스톡홀름

하나,
둘, 셋

연회가 곧
시작되겠군.

이런,
이 머리 좀 봐.

다시 한번
연습해볼까.

좀 떨리네.

할아버지,
내가 여기까지
왔네요.

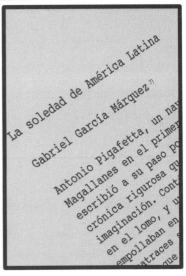

7) 라틴아메리카의 고독- 가브리엘 가르시아 마르케스. 노벨문학상을 수상한 후 마르케스가 했던 연설의 제목이다.

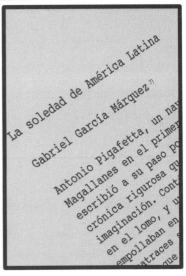

사랑하는 가보,
드디어 당신이
해냈군요.

그때부터 아라카타카라는 세계에서 벌어지는 모든 일들은 어린 가보의 놀라울만한 기억력과 감수성으로 인해 영원히 그의 뇌리에 남게 된다. 가보가 그곳에서 보낸 9년간의 유년시절이 그의 문학 세계의 중심이 된 것이다.

시에나가 광장에 3000명이 넘는 노동자들이 있다던데.

골치 아픈 선동자들이야. 바나나 회사가 모든 걸 다 해주는데도 욕심이 끝이 없어.

아마도 대량 학살이 벌어질지도 몰라.

가보의 엄마 루이사 산티아가는 1년 후 둘째를 낳기 위해 돌아왔다.

엄마, 나올 거 같아요.

아악!

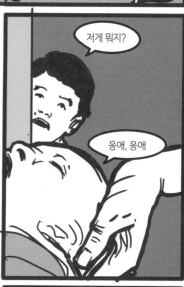

저게 뭐지?

응애, 응애

가보가 두 살이 되었을 때 그의 아빠 가브리엘 엘리히오가 돌아왔다. 그러나 가족과 지내기 위해 돌아온 것이 아니라 부인과 둘째를 데리러 온 것이었다.

가보는 다시 기차역에서 부모님과 작별 인사를 하게 되었다.

안녕, 아들아.

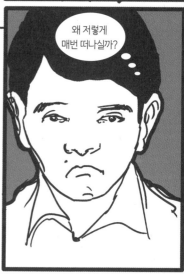

왜 저렇게 매번 떠나실까?

가보는 세 살이 되었고 여동생 마르곳과 함께 살았다. 집에서 일하는 사람들과 사촌들을 포함해서 가보는 여자들에게 둘러싸여 살게 되었다.

밟아버려!

싫어, 무서워.

어디 가는 거지?

싫다고 했잖아!

뭐하는 거지?

냠냠...

여동생이 한 그 행동은 가보의 머릿속을 영원히 떠나지 않게 된다.

냠냠, 맛있다.

이런, 또 흙을 먹고 있네!

어린 가보가 특히 좋아하는 게 있었는데…

그가 네 살쯤이었을 것이다…

…그것은 부엌으로 가서…

할머니.

구아야보 잼을
만드는 할머니에게
달려가

준비 됐니?

…달콤한 구아야보 잼의…

자, 아, 벌려봐.

…달달한 향을 맡는 거였다.

가보는 네 살 이후 밤이 오는 걸
참을 수 없이 무서워했다.

그는 집안 구석구석에 죽은 사람이나 유령이 있다고 믿었다.
저녁 여섯시가 넘으면 방에서 꼼짝도 할 수 없었다.

안 돼요,
싫어요.

"집은 불가사의한 공포로 물든 세계였다.
(…) 그 집에는 페트라 고모가 죽은 방이
빈 채로 남아 있었고."

싫어요.

"라사로 고모부가 죽은 방도
비어 있었다."

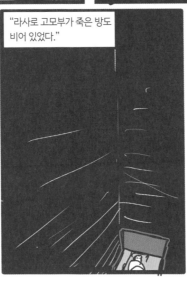

"그래서 밤이 되면 나는 산 사람보다
죽은 사람이 더 많은 그 커다란 집에서
걸어 다닐 수도 없었다."

그러나 낮 동안에도 마을은 을씨년스러웠다.

라몬, 이제 곧
집에 도착할
거예요.

···자유주의자들의 대학살 사건 이후

당신을 위해
맛있는 죽을 준비해
줄게요.

아라카타카는 바나나 농장의 열기와
번영으로부터 점점 더 멀어져 가기만 했고···

···잊혀지기 시작했다.

세상에,
잘린 머리를
들고 있네!

잊혀진 마을은 머지않아 사막처럼 변해버린다.

하느님 맙소사!
저런 식으론 아무
데도 못 갈 거야.

당신은 죽지
않았어요. 절대로.
조금만 참아요.

매일 오후 할머니가 들려주는 옛날이야기는 어린 가보와 집안 여자들에게 오락 시간 같았다.

어젯밤 꿈에서 머리가 너무 간지러웠어.

얼마나 긁어댔던지 머릿니가 있는 줄 알았어.

바로 여기 부엌에 앉아 있었는데.

머릿니를 잡아줄 사람이 없어서 할 수 없이 내 머리를 빼서…

…머릿니를 하나씩 잡기 시작했지.

꿈 해몽에 따르면 이번 주에 비가 아주 많이 오고 중요한 손님이 찾아올 거야.

자, 가비토, 넌 무슨 꿈을 꿨니? 너도 할머니처럼 예지 능력을 타고 태어났거든. 눈을 감아봐. 눈을 감으면 보일 거다, 아가.

할머니.

전 집에 대한
꿈을 꿨어요.

유령과
나비들로 가득
찬 집이요.

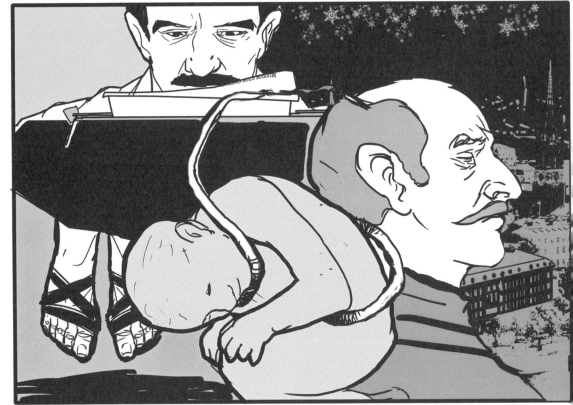

움직이지
마라!

대령은 외출할 때면 어린 손자를
어디든지 데리고 다녔다.

그렇게 여자들만의 공간에서
소년을 빼내왔다.

자, 이제 남자들만
들어갈 수 있는
곳으로 가보자.

대령은 예순 일곱
살이었고 가보는
네 살이었다.

가비토,
인생은 투쟁이다.

네,
할아버지.

대령은 할머니의 환상의 세계로부터
현실 세계로 손자를 인도했다. 그곳은
할머니의 세계와 정반대되는 곳이었다.

와, 완전
아저씨들만
있네.

이 두 세계는 가보의
머릿속에서 완벽한 보완
관계를 이루게 된다.

할아버지, 저도
저 아저씨들처럼
되는 거예요?

가비토, 넌 더
훌륭한 사람이 될 거다.
더 중요한 사람.

정말
큰 문이다!

내 손자 가비토야.
완전 똑 소리가 나는
아이지.

가비토와 동생 마르곳은 집에서
놀며 즐거운 시간을 보냈다.

뭘 줍고
있는 거야?

지렁이. 이것
봐, 움직여.

그러나 아이들이 가장 좋아하는 것은 할아버지와
함께 바나나 회사로 놀러가는 거였다.

야호!

야호!

… 왜냐하면 아이들의 눈에…

…그 곳은…

오빠?

왜?

세상에서 가장 멋진 곳이었다. 한번도 보지
못했던 모든 보물들이 쌓여 있는 동굴 같은
곳. 알라딘의 요술 램프로 가득 찬 곳이었다.

이건 뭐야?

영화 만드는 거.

57

이제 가자.

네, 집에 가요.

매일 이러한 현실 세계로의 외출을 통해 대령은 손자가 가지고 있던 두려움과 공포심을 조금씩 없애주게 된다.

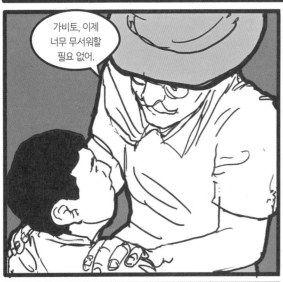

가비토, 이제 너무 무서워할 필요 없어.

힘든 세상을 잘 견디기 위해선 싸울 준비를 해야 한다.

왜 싸워요?

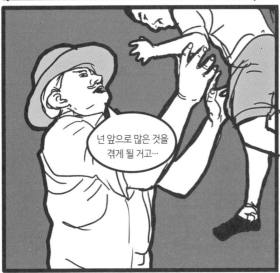

넌 앞으로 많은 것을 겪게 될 거고...

...오직 용감함과 담대함으로만 견딜 수 있다. 아무것도 무서워할 필요 없어.

무섭지 않아요.

곧 나올 거 같아.

가비토가 다섯 살이고 할아버지 무릎에 앉아 있을 때, 300킬로미터 떨어진 볼리바르 주의 마강게 시에서 메르세데스 라켈 바르차가 태어났다. 그녀는 훗날 가르시아 마르케스의 부인이 된다.

아악!

데메트리오 바르차와 라켈 파르도의 딸로 태어난 그녀도 가족의 장녀가 된다.

딸이네요.

응애!

이게 더 좋겠다.

그 즈음에 가비토는 머리에 떠오르는 모든 것을 그리는 취미를 갖게 되었다.

대령은 손자가 화가가 되리라고 생각했다. 커다란 크레파스를 사주고 아무데나 원하는 곳에 그림을 그리게 했다.

할아버지, 고맙습니다.

가비토는 할아버지가 선물해준 크레파스로 도화지를 채워 나갔다.

마찬가지로 그 시절에 할아버지의 권유로…

루벤 다리오[8])의 책을 접하게 된다.

대령은 손자에게 글의 일부를 읽어줬고 그때부터 가보는 훗날 그의 작품에 큰 영향을 미치게 되는 그 중요한 작가를 알아가게 된다.

8) 니카라과의 시인. 많은 에스파냐 작가들에게 영향을 끼친 에스파냐어 시의 중요한 인물이다.

가보의 인생에 기념비적인 어느 날 아침, 대령은 손자를 바나나 회사로 데려갔다. 대령은 최근에 가져온 물건들이 보고 싶었다.

오늘은 이 그링고[9]들이 또 어떤 새로운 걸 가져왔는지 보자.

할아버지, 뭘까요?

글쎄다. 아마 꽤 멋진 걸 거야.

둘은 맨 끝 사무실로 들어갔다. 많은 종업원들이 거대한 냉장고 앞에 서 있었다.

할아버지, 너무 추워요.

대령은 손자에게 다가갔고 가보는 진열대 위에 놓여 있는 생선들을 신기하게 바라봤다. 아주 크고 색깔이 화려한 싱싱한 생선들이었다. 그러나 가보는 생선보다도 얼음이 신기했다.

가보는 얼음을 만져보기 위해 손을 댔다가 너무 차가워 화짝 놀랐다. 가보는 손을 움츠렸다. 대령은 손자에게 얼음을 보여주고 싶었던 것이었다.

손이 탈 것 같아요. 뜨거워요.

아니야 가비토, 너무 차가워서 그래. 얼음이거든.

9) 라틴아메리카에서 사용하는 말로 미국인을 뜻한다.

61

두 번째

탁, 탁, 탁

탁, 탁, 타탁.

엄마, 저녁 다 됐어요?

숟가락으로 요술 부리는 것 좀 봐요.

거의 다 됐다.

에구!

타자기에 풀처럼 붙어 있네. 하느님, 그에게 힘을 주세요.

쿨쿨

모든 게 너무 선명히 보여.

이 해는 청년 가보의 인생에서 매우 중요한 시점이 된다. 그때부터 그의 인생에서 반복하게 되는 수많은 긴 여행들이 시작되기 때문이다.

배가 곧 떠나겠네.

부모님의 결정으로 가보는 춥고 멀리 떨어진 콜롬비아의 수도 보고타로 공부하러 가게 된다.

태어나서 처음으로 증기선을 타고 오래전 부모님이 그랬던 것처럼 부모님과 형제들에게 작별 인사를 하고 떠났다.

안녕, 내 가족.

배는 강을 가로질렀고 가보는 울기 시작했다.

얼마 후 가보는 마그달레나 강 어귀에 있는 쿤디나마르카 시의 살가르 항구에서 내렸다. 그리고 수도로 향하는 기차에 올라탔다.

모두 타세요!

칙칙 폭폭

LICEO NACIONAL DE ZIPAQUIRÁ [10)]

완전 얼어 죽겠군!

가보는 학교가 있는 시파키라 시로 갔고 거기서 고등학교를 다니게 된다.

10) 시파키라 국립고등학교

…그러던 중, 마을에서 식량을 가져온 다른 젊은이가 도착했다…

그 학교에는 뛰어난 교사들이 있었다.
또한, 밤마다 잠들기 전에 교사들이 돌아가며
큰 소리로 고전 문학을 읽어주는 관습이 있었다.

어서 차!

가보는 학교에서 처음엔 외로웠지만 조금씩
친구를 사귀게 되었고 다양한 학교 활동에
참여하기 시작했다.

공부하고 철저히 숙제를
했고, 쉬지 않고 읽었다.

마크 트웨인을 알게 되었고
그의 이야기와 사랑에 빠졌다.

훗날 가보는 이렇게 말했다.
"나는 배워야 하는 모든 것을 고등학교 때 배웠다."

그러나 가보에게는 친구들을 두렵게 하는 무엇이 있었다.

안 돼!

그것은 가보가 악몽을 꾸고 한밤중에 소리를 지르며 깨는 거였다.

무슨 일이야?

가르시아, 무슨 꿈을 꾼 거야?

책을 너무 많이 읽어서 그래.

모르겠어. 유령이 나오는 집.

어떻게 지내니?

그러나 청년 가보는 낮에는 밝고 근심 없이 보였다.

보아하니 책을 좋아하는 거 같구나. 이걸 받으렴.

감사합니다, 선생님.

선생님들을 통해서 도스토예프스키, 루벤 다리오, 가르실라소 데 라 베가[11], 케베도[12], 가르시아 로르카[13], 그리고 네루다를 알게 되었다. 가보는 하비에르 가르세스라는 가명으로 첫 번째 시도 쓰기 시작했다.

11) Garcilaso de la Vega(1503~1536년). 에스파냐 문학 황금시대를 이끌던 시인.
12) Quevedo y Villegas(1580~1645년). 에스파냐 작가. 악한 소설의 걸작이라 불리는 『방랑의 본보기 악당의 거울, 돈 파블로스라고 불리는 사기꾼의 생애 이야기』를 썼다.
13) Federico Garcia Lorca(1898~1936년). 에스파냐 시인이자 극작가. 20세기 에스파냐에서 가장 사랑 받은 시인으로 불린다.

삭막한 도시에서 젊은이들은 여흥을 위해 주말이면 파티를 열었다.

한 명도 빠짐없이 춤춰야 해.

저 남자는 누구지?

거기서 가보는 첫 번째 여자 친구 베레니세를 알게 된다. 그녀는 그의 첫사랑이었다.

이름이 뭐죠?

베레니세.

이름이 정말 예쁘네요.

당신은?

난 가보, 춤출래요?

파인애플이 다 익었어! 어서 올라가 따야지. 시에나가 여자들이 제일 예뻐.

둘의 관계는 아주 짧았지만 진지했다. 둘은 시와 춤, 그리고 농담을 주고받았다. 그러다 영원히 헤어졌다.

그즈음 가보는 프란츠 카프카의 『변신』을 읽었다. 선생님 중 한 사람이 그 책을 줬고 가보는 그 책에 푹 빠져버렸다.

맙소사, 내가 아는 누구에 대해 이야기 하는 것 같아. 그런데 누구지.

사람이 벌레로 변신하는 게 이렇게 쉽다면 뭐든지 할 수 있겠군.

그 소설은 가보의 뇌리에 깊숙이 남게 된다.

한 학년이 끝나면 학생들은 집으로 돌아갔다.

가보의 아버지, 가브리엘 엘리히오는 다시 이사를 했다. 수크레 시를 떠나 마강게로 이주했다. 그해 가보는 마강게로 부모님을 찾아갔다.

바로 저 남자야!

1944년, 가보는 그의 인생 최고의 사랑, 단짝 친구, 문학적 동지, 그리고 가보의 꿈을 이루게 하기 위해 모든 지원을 아끼지 않을 여자를 만난다. 그녀는 바로 당시 열네 살의 메르세데스였다.

…그녀는 스쳐가며 내게 인사하고 그녀의 부드러운 목소리는 바람결에 숨소리처럼 여운을 남기네…

가보는 그녀를 보자마자 그녀와 결혼할 거라고 확신했다. 첫인상이 얼마나 강렬했던지 그는 그녀에게 시를 바쳤다.

랄라!

에헤라!

가보는 스무 살이 되자
콜롬비아국립대학교로 진학했다.

엘리히오 가르시아는 아들이
자신이 항상 꿈꿨던 의사나
신부가 되기를 원했다.

가보가 이미 글을 쓰고 있다는 것도 알았지만 어떻게
해서든지 작가가 되려는 가보의 꿈을 꺾고 싶었다.
"가보는 우리 가문의 첫 번째 의사가 될 거야."

대학에는 4000명의 학생들이
있었다.

그리고 학교는 온통 좌파 분위기였다.

동지 여러분,
우리는 땅과, 합당한
일자리, 그리고 자유가
필요합니다.

옳소!

탄압은
물러가라!

자본주의는 더 이상
필요 없어!

가보는 학생들과 함께 히메네스 8번가의 보고타 시내에서 하숙을 했다.

더블로 가지.

나도!

여기는 완전히 북극 같군.

우리가 펭귄이 된 느낌이야.

가보처럼 카리브 연안 출신 학생들에게 보고타의 추위는 의욕을 떨어뜨렸다.

젊은 가보는 비록 대학 분위기를 좋아하긴 했지만…

…시내에 있는 문학 카페들을 점점 자주 드나들기 시작했고…

지금 자네들에게 읽어주려는 책은 굉장해!

그곳에서 더스 패서스, 윌리엄 포크너, 어니스트 헤밍웨이, 톨스토이, 도스토예프스키, 그리고 많은 위대한 작가들에 대해 열띤 토론을 벌이곤 했다.

거기서 절친한 친구가 될 부유한 청년 플리니오 아풀레요 멘도사를 만나게 된다. 그의 부친은 바나나 농장 대학살을 고발한 자유주의자 사령관, 호르헤 엘리에세르 가이탄의 친구였다.

일요일이면 가보는 멘도사나 다른 친구들의 집을 방문했다. 지루함을 달래기 위해, 그리고 허기진 배를 채울 수 있었기 때문이었다.

스프가 정말 맛있네.

아히아코[14]로 만들었어.

과거에 감동받았던 『변신』을 다시 읽었다.

말도 안 돼!

이번엔 책에서 받은 충격이 얼마나 강렬했던지.

젠장, 우리 할머니가 딱 이렇게 말했었는데.

곧바로 그의 첫 번째 이야기를 쓰기 시작했다.

아니?

글 제목은 「세 번째 포기」였고 가보는 그 글을 〈엘 에스펙타도르〉 신문사에 보냈다. 마침 한 칼럼니스트가 신문에 낼 이야기를 찾고 있었는데, 그는 바로 에두아르도 살라메아였다.

이게 뭐야?

La tercera Resignación

아니, 이건?

1947년 9월 17일, 그의 첫 번째 글이 〈엘 에스펙타도르〉의 문학 부문에 발표되었다.

14) 아메리카 대륙에서 많이 사용하는 고추소스.

74

가보가 드디어
해냈네.

축하해 친구!

드디어 첫 번째
글이 실렸어!

가보의 글이 신문에 실리자 문학
카페 모임은 축제 분위기에 휩싸였고
성대한 축하파티를 열었다.

계속 글을
써야해.

그 후, 가보는 넘치는
감동과 작가가 되겠다는
열망을 안고…

타자기 앞에 자리 잡고
앉아 글을 썼는데…

정말 훌륭하군!

그 제목은 「에바는 고양이
안에 있어요」였다.

더 빨리 돌려!

가브리엘 가르시아 마르케스라는
무서운 신예 작가 탄생하다.
에두아르도 살라메아.

75

호르헤, 점심이나
먹자고.

그러나 그 모든 기쁨과 초기의
성과들은 1948년 4월 9일
정오의 한 사건으로 인해
먹구름으로 가려지게 된다.

아니, 저 남자는
누구지?

플리니오,
무장하고 있어!

가보의 친구 플리니오 아풀레요
멘도사의 아버지 플리니오
멘도사 네이라는 호르헤
엘리에세르 가이탄과 함께
7번가 14호를 걷고 있었다…

빵빵!

…후안 로아 시에르라라는
남자는 가이탄을 향해 총을
겨누었다.

살인자!

살인자예요!

공포와 분노에 휩싸인 사람들은 보고타 시를
혼돈 속으로 빠뜨렸다. 순식간에 도시는
폭력에 휩싸였다.

지금 떠나지
않으면 우리를 모두
불태울 거야.

가보와 친구들은 가능한 빠른 비행기를 타고
집으로 돌아갔다.

방 있나요?

가보는 돈이 없어 바랑키야의 싸구려 하숙집에서 지내기 위해 돌아왔다.

가보는 목적도 돈도 없이 떠돌아다녔다.

이제 뭘 하지?

가보, 만나서 반가워.

마누엘, 나도 그래.

그러나 가보는 운명처럼 보고타에서 친분이 있었고 이미 작가로 등단한 마누엘 사파타 올리베라를 만나게 된다.

돈 클레멘테 씨, 만나서 반갑습니다.

올리베라는 가보를 〈엘 우니베르살〉 신문사로 데려가 이사인 클레멘테 사발라에게 소개했다.

친구, 이제 다시 글을 쓰게 될 거야!

가보는 이사의 마음에 들었고 수습기자로 일하게 되었다. 거기서 가보는 시인이자 화가인 엑토르 로하스 에라소를 알게 되었다. 가보는 열정적으로 일하기 시작했다.

낮에는 자고 밤에는 신문사에서 돈을 벌기 위해 일했다. 인내심을 가지고 저널리즘을 배워가기 시작했다.

누구 한잔 더 할래?

나! 기분 좋은데.

쉬는 날이면 친구들은 가보를 싼 맥주와 음식이 있는 곳으로 데려갔다. 그 식당은 라 쿠에바였다.

가보는 열심히 일을 했음에도 불구하고 생활하기에 충분한 돈을 벌지 못했다. 결국 그는 하숙집에서 쫓겨났다.

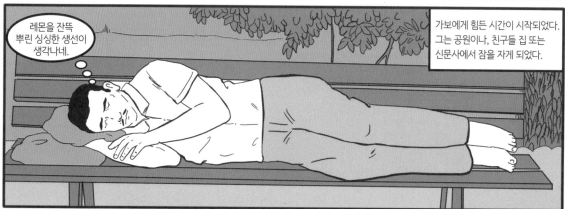

레몬을 잔뜩 뿌린 싱싱한 생선이 생각나네.

가보에게 힘든 시간이 시작되었다. 그는 공원이나, 친구들 집 또는 신문사에서 잠을 자게 되었다.

결국 창녀들이 사는 동네로 이사를 갔다.

당신은 매력적이야!

짐깐만요, 어디 가요?

라 쿠에바에서 가보는 헤르만 바르가스와 알바로 세페다[15]와 깊은 우정을 쌓게 된다.

가보, 문학적 기술이 중요해.

맞아.

15) 이들은 가보와 평생 동안의 친구가 되며, '바랑키야 그룹'이라는 이름으로 문학계를 주도해나가게 된다.

그들은 가보에게 버지니아 울프도 알려주었다. 그는 『올랜도』를 읽고 그녀에 대해 열띤 토론을 벌였다.

이야기는 어떻게 만들어지는 걸까?

문학적 토론은 가보가 가장 좋아하는 것이며, 살아있음을 느끼게 해주는 것이었다.

문학적 고민은 가보에게 창작의 열의를 불러일으켰고 그는 첫 번째 장편소설을 쓰기 시작했다.

소설의 제목은 '집'으로 정했다. 그 집에는 노인들이 살고 있었으며 무더운 해안가 마을에 자리 잡고 있다. 가보는 자신의 과거를 글로 풀어나가고 있었다.

'집'은 훗날 『백 년 동안의 고독』으로 활짝 피게 될 씨앗이 된다.

이제 누가 이야기할 차례지?

라 쿠에바의 문학 그룹은 더 커졌다. 알폰소 푸엔마요르, 알렉한드로 오브레곤[16), 그리고 라몬 비예스가 합류했다.

가보는 엘 문도 서점과 같은 당시 지식인들이 자주 가던 곳을 드나들기 시작했다.

LIBRERIA EL MUNDO

농담하지 마.

나랑 결혼해 줄래?

콜롬비아의 카페

콜롬비아 영화관

활기찬 도시에서 가보는 부지런히 움직였다. 그러나 그의 상황은 좋아지지 않았다.

흠, 이제 먹고 살기 위해 뭘 해야 하지?

16) Alejandro Obregón(1920~1992년). 콜롬비아의 화가. 추상적인 표현주의 회화로 유명하다.

계속되는 궁핍한 생활에 가보는 창녀촌의 5층 단칸방에서 살아야 했다. 친구들은 그곳을 마천루라 불렀다.

가보, 난 당신 친구야.

카탈리나, 그렇게 생각해주니 영광이에요.

가보는 그 건물의 관리인인 카탈리나 라 그란데와 친해졌다.

가보는 사랑스러워.

다들 가보를 너무 좋아하게 되어 얼마 없는 셔츠까지 다려주곤 했다.

샤워를 할 수 있게 비누도 빌려줬다.

우리들도 나와?

치!

당연하지, 여왕들처럼 나온다고.

그리고 그녀들은 잘 이해할 수 없는 가보의 글쓰기에 활기를 불어넣었다.

가보는 창녀촌에 대해 포크너가 쓴 문장을 반복하고 있었다. "아침이면 침착함과 적막함이 흐르고 밤이면 여흥과, 술, 그리고 함께 이야기할 수 있는 재미있는 사람들이 모였다." 그곳은 글을 쓰기에 이상적인 곳이었다.

한번 시작한 거니 후퇴란 있을 수 없지.

〈엘 에랄도〉 신문은 가보의 글을 싣기 시작했다. 그의 칼럼란에 라 히라파라는 이름까지 붙여주었다. 비록 그의 일상은 혼란스러웠으나 가보는 행복했다.

81

1950년 무더운 어느 날, 가보는 항상 모이는 친구들과 술을 마시며 문학에 대해 이야기 하고 있었다.

건배!

포크너를 위하여!

그때 어떤 여자가 들어왔다.

그녀는 다가와 가보에게 말했다.

내가 네 엄마다.

안녕하세요!

엄마, 거의 알아보지 못하겠네요.

곧 돌아올게.

가보는 친구들에게 엄마를 소개한 뒤 그녀와 함께 나갔다.

루이사 산티아가는 마흔 다섯이었고 가보는 스물 셋이었다.

너도 이제 남자가 다 됐구나. 네 친구들은 글쟁이들에 미쳤다고 들었는데.

좋은 친구들이에요.

그래 보이는구나.

둘은 처음으로 성인 대 성인으로 대화를 나눴다.

나와 함께 어디를 가줬으면 해서 왔다.

어디요?

아라카타카의 집을 팔러 가자고.

할아버지 집을요?

그래. 가족들의 경제 상황도 좋지 않고 집은 아무 쓸모도 없어. 팔면 조금이라도 경제적으로 도움이 될 거야.

우리 가족 모두의 집이지만 다른 방법이 없다.

허를 깨물었니, 왜 아무 말도 없어?

그럼 나랑 함께 갈 수 있는 거지? 그렇지?

그 집은 아마 지금쯤 폐허가 되어 있을 걸요.

둘은 배에 탄 뒤 인파와 짐들 사이에 자리를
비집고 앉았다.

성모
마리아여!

가보는 배낭에서 포크너의 『팔월의 빛』을
꺼내 읽었고 엄마는 묵주를 들고 기도하기
시작했다.

너희 아빠가 네가
대학을 그만둬서
상심이 크시다.

학교는 다시
안 가요. 작가가
될 거예요.

가보, 제발.

너희 아빠는 네가
대학만 졸업한다면
뭘 하든 상관
안 하신다고 했어.

왜 그렇게 설득하려고
하세요. 제 뜻을 절대
굽히지 않을 거라는 거
아시잖아요.

왜 제가
그래야만
하죠?

왜냐면 너랑 나는
똑같으니까.

둘은 노란색 기차에 올라탔다.

바짝 마른 평원을 지나며 가보는 폐허가 되어 낡고 잊혀진 고향땅을 봤다.

『팔월의 빛』을 읽고 있던 가보에게 그 여행은 마치 시간을 거슬러 가는 시간 여행의 같았다. 그곳에는 예전엔 아름다웠던 그 무엇의 폐허만 남아 있었다.

아라카타카 도착시간이 임박했을 때 가보는 바나나 회사의 일부였던 농장을 봤고, 불현듯 뭔가 깊고 특별한 감정이 솟구쳤다.

망각 속에 폐허가 된 평원에서 유일하게 싱싱함과 생명력을 간직하고 있는 농장이 보였다. 그곳의 이름은 마콘도였다. 가보는 영원히 그 이름을 잊지 못하게 된다.

아라카타카에 도착하니
마을은 우통 폐허가 되어 있었다.

거리는 휑했고

먼지로 뒤덮인 광장에는
집시조차 없었다.

가보는 폐허가 된 자신의
세계를 놀란 마음으로
바라봤다.

도대체 어떻게
이렇게 됐지? 내가
살던 마을이 아니야.
완전 딴 곳이 되어
버렸어.

둘은 할아버지 집에 도착했고 가보의 엄마는
집을 보자마자 한마디밖에 할 수 없었다.

맙소사!

가보는 혼란스러웠다. 현실에서 벗어난
그의 뇌는 훗날 전 세계인들이 알게 될
그 세계를 창조하고 있었기에.

집은 손쓸 수 없는 상태였고 팔아 봤자
얼마 받지 못할 게 뻔했다. 가보의 엄마는
오랜 친구의 집을 방문하자고 했다.

집 내부도 폐허가 된 마을을 그대로 반영하는 듯했다.

토네이도가
지나간 집 같네요.

아들아, 그보다
더한 것, 망각이
훑고 지나갔구나.

네, 무슨
일이세요?

저기요.

아드리아나!

루이사
산티아가!

세상에!

모든 게 폐허가
되어 있더구나!

맞아! 여기선 더 이상
할 게 없어. 신마저도 마을을
버렸어. 얘가 가비토니?
세상에!

그날 둘은 초대받아 식사를 했다.
간단한 음식이었지만 가보는 음식을
한입 먹어본 순간…

"…내 안에 잠자고 있는 온전한
세계가 꿈틀거리는 듯한 느낌을 받았다.
유년 시절의 맛, 고향을 떠나면서 잊고
지냈던 맛들이 음식을 한입 한입 떠먹을
때마다 뚜렷하게 다시 떠올랐고
가슴이 뛰기 시작했다."

거의 끝나가고 있어.

어떻게 끝내지?

좋아. 바로 이거야.

조금만 더 노력해 보자.

en que Aureliano Babilonia acabara de descifrar los p
y que todo lo escrito en ellos era irrepetible desde siem
siempre porque las estirpes condenadas a cien años d
no tenían una segunda oportunidad sobre la tierra.

탁탁, 탁탁

오, 하느님, 드디어 끝냈어!

무겁네. 이건 꿈이 아니야. 현실이야.

메체, 이것 봐.

CIEN AÑOS DE SOLEDAD
POR
GABRIEL GARCÍA MÁRQUEZ

그때부터 수다메리카나 출판사의 편집장 프란시스코 포루아에게 원고를 보내기 위한 진정한 모험이 시작되었다.

돈이 얼마나 있지?

53페소밖에 없어요.

그걸로 충분할까?

충분해야죠. 어서 가요.

CORREOS DE

이 상자를 보내러 왔어요.

82페소입니다.

말도 안 돼요!

무게가 꽤 나가서 그래요, 부인.

이제 어떻게 하지?

그럼 일단 53페소만큼 먼저 보내요.

둘은 상자를 열어 원고를 나눴다.

CIEN AÑOS DE SO

POR GABRIEL GARCÍ

그 부분이 딱 53페소네요.

꼭 치즈를 잘라 파는 것 같네.

CORREO DE MÉXICO

다 잘 될 거예요.

금요일 오후, 멕시코시티 하늘에는 노을이 지기 시작했다. 둘은 다음 주 월요일까지 돈을 구해 나머지 원고를 보내야 했다.

광대 일을 해볼까?

너무 말라서 고용하지 않을 걸요.

우리가 가진 게 뭐가 있죠?

뭘 할 수 있을까?

둘은 집에서 돈을 구할 방법을 궁리했다. 최근 1년 동안 경제적으로 궁핍한 시기를 보내고 있던 터였다.

결혼식 때 선물 받은 믹서. 당신 서재의 히터와 타자기.

그걸로는 한 푼도 못 만들어. 결혼반지?

그거 좋은 생각이네요.

당신 먼저 해요.

아니, 당신 먼저 해.

하느님, 용서해 주세요.

둘은 보석을 팔러 나갔다.

이제 충분한 돈이 생기겠네요.

Nacional Monte de Pied

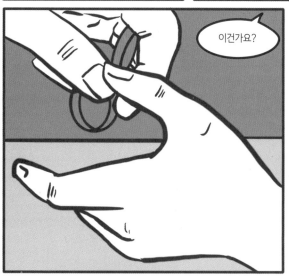

이건가요?

어디 봅시다.

7

남자는 불쾌한 표정을 지으며 말했다.

이건 그냥 유리네요! 완전 가짜! 이깟 돌로는 아무것도 줄 수 없지만 금속 값은 쳐드리죠.

이제 아무도 우릴 막을 수 없어요.

마침내 둘은 총 490쪽의 나머지 분량을 보낼 만큼의 돈을 구했다.

우리가 뭘 한 줄 알아?

뭐요?

처음 보낸 상자에 책의 마지막 부분을 넣었어. 첫 부분이 아니라.

엉망이 되어 버렸어.

세상에, 맙소사. 제발 별 탈 없기를.

무게를 달아 봅시다.

다 됐어요.

여보, 이제 당신 소설이 최악이기만 하면 더 이상 나쁜 일이 일어나지 않겠어요.

???

가보가 소설을 쓰던 18개월 동안 많은 친구들이 도와주었다.

"가장 가까운 친구들이 순서를 정해 매일 밤 우리 집을 방문했다. 잡지책이나 책을 빌리러 왔다는 변명과 함께 장을 보다 우연히 들렸다며 먹을 것들을 나눠주었다."

어떤 날은 알바로 무티스[17]가 부인과 함께 방문했다.

메르세데스 오랜만에 보네.

또 어떤 날은 마리아 루이사 일레오와 호미 가르시아 아스코트가 왔다.

메르세데스 별거 아니야, 이거 받아.

훗날 가보는 신문사와 인터뷰하면서 메체가 말한 최악의 소설에 대해 이렇게 말했다.

아내가 그런 말을 한 것은 제 모든 희망을 건 소설을 완성하기 위해 함께 싸운 18개월간의 고된 날들이 대미를 장식하고 끝나기를 바라는 뜻이었죠.

17) Alvaro Mutis(1923~2013년). 콜롬비아의 작가. 최근 라틴아메리카 문학계에서 가장 중요한 작가 중 한 사람으로 꼽힌다.

1954년 가보는 보고타에서 콜롬비아의 가장 저명한 신문사 중 하나인 〈엘 에스펙타도르〉에서 일하고 있었다. 당시 편집장은 기예르모 카노 기자였다.

바랑키야에서 보낸 수습기자 시절이 큰 도움이 되었다.

가보는 기자로서 어느 정도 알려진 상황에서 입사했고, 그때까지 상상도 못했던 월급을 받게 되었다.

가보는 다양한 주제에 대해 기사를 썼고 영화 칼럼도 썼는데

거기서 처음으로 전위영화에 대한 평론도 썼다.

기자로서의 경력은 가보가 콜롬비아의 다양한 지역의 기사를 다루면서 더 화려해졌다.

가장 돋보였던 기사는 난파된 칼다스 배의 유일한 생존자에 대한 것이었다.

무슨 일이 있었죠?

그는 생존자를 인터뷰해서 자신의 방식대로 이야기를 재구성했다.

이 이야기는 이 방향으로 쓰면 좋겠어.

그는 자신의 서정적 스타일을 희생하지 않고 원하는 결과물이 나올 때까지 글을 썼다.

그 이야기는 『표류자 이야기』로 출판되었고 성공을 거두었다.

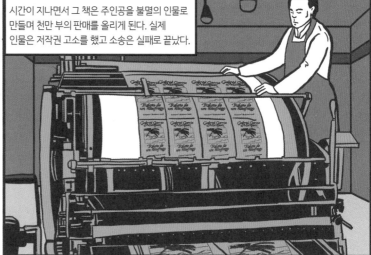

시간이 지나면서 그 책은 주인공을 불멸의 인물로 만들며 천만 부의 판매를 올리게 된다. 실제 인물은 저작권 고소를 했고 소송은 실패로 끝났다.

기자 일과 함께 가보는 그의 첫 번째 장편소설에 착수했다.

이야기는 늙은 대령이 두 아이들, 자기 딸, 그리고 손자와 함께 어느 의사의 장례를 치르는 내용이었다.

이 소설은 마콘도와, 전설적인 대령 그리고 카리브 해의 풍경의 초석이 되었다.

GABRIEL GARCIA MARQUEZ

La hojarasca

많은 친구들의 도움으로 1955년 5월 말, 시파 출판사에서 『낙엽』의 초판이 출판되었다.

가보는 그의 첫 번째 소설을 세상에 선보였다.

그러나 국내 정치 상황은 다시 심상치 않은 국면으로 치닫고 있었다.

콜롬비아에서 정치적 탄압은 점점 더 거세지고 폭력적으로 변해갔다.

도시에는 야만과 난투, 그리고 감시가 난무했다.

가보 같은 신문기자들은 좌파 성향을 가지고 있었기에 체제의 감시를 받고 있었다.

기자, 영화평론가, 그리고 소설가로 초기 성공을 거뒀음에도 불구하고 가보는 국외로 나갈 계획을 세워야 했다.

그러나 그 전에 가보는 인생에서 가장 중요한 일을 해야 했다.

18) 멈추지 않는 폭력!

그녀를
찾아야 해.

과체르나[19]
만세!

그는 분명한 목적을 가지고
바랑키야로 돌아갔다.

뭐야! 조심,
허리 꺾이겠어!

오늘이 아니면
절대 안 돼.

…자, 이제 사랑에
빠진 사람들 모두
나오세요!

…보아하니 이쪽에
있는 사람들은 모두
포함되는 것 같네요.

… 베사메무초…

19) 바랑키야의 전통축제.

102

이 곡은 함께 춰요.

왜죠? 좋은 노래지만 슬퍼요.

… 베사메, 베사메무초…
오늘이 마지막 밤인 것처럼…

왜냐면 오늘 밤은 아주
행복하지만 좀 슬플 수가
있거든요.

…베사메, 베사메무초,
당신을 잃을까봐 슬퍼요.

…당신을
잃어버릴까봐…
그리고…

가보, 날 놀리지 마요.
나쁜 일들은 싫어요.

당신을 품에 안고 당신
눈을 바라보고 당신 눈에서 나를
보고 싶어요. 어쩌면 내일 내가
멀리 있을 수 있다고 생각해봐요.
당신으로부터 멀리.

당신에게 제일 먼저 하고
싶은 말은 항상 당신을 좋아했다는
거요. 당신이 아홉 살이고 내가
열다섯 살 때부터 줄곧.

그날 나는 당신과 함께
하리라는 걸 알았지.

가보가 메르세데스에게 말하지 않은 것은 〈엘 에스펙타도르〉의 해외특파원으로 유럽에 간다는 거였다. 그는 작별인사도 하지 않고 떠났다.

가보는 냉전 중 개최된 핵 정상회담을 취재하러 스위스 제네바에 도착했다.

그리고 로마로 떠났다.

가보는 영화의 도시 로마, 치네치타의 매력에 심취했다. 가보는 모든 것을 예리한 시선으로 바라봤다.

그러나 메르세데스에게 아무 말 않고 떠난 것에 괴로워했고…

후회하며 상황을 설명하는 편지를 썼다. 그는 그녀를 잃고 싶지 않았다.

이번 건은 날 기자로서 완성시킬 절호의 기회야.

그리고 베네치아 영화제를 취재할 기회가 생겼다.

소피아 로렌, 탁월한 연기력만큼이나 아름답군.

가보는 유명한 스타들을 보았고 화려한 영화계의 매력을 느꼈다.

기술이 가장 중요해.

기술적인 것과 인간적인 것을 어떻게 혼합하죠?

그러나 가보는 화려한 겉모습에서 한 걸음 더 들어가 이야기를 만들어내는 작가들을 예의주시했다.

나도 영화를 만들고 싶어!

특히 그는 영화제에 참여한 젊은 영화감독과 친분을 쌓았다. 그는 바로 프란체스코 로시[20]로 훗날 가보의 최고 소설 중의 하나를 영화로 만들게 된다.

20) Francesco Rosi(1922~2015년). 이탈리아의 유명한 영화감독이며, 가보의 작품으로 영화 〈죽음의 연대기〉를 만든다.
21) 『예고된 죽음의 연대기』

사회주의 국가,
여긴 또 다른 세계군.

더 알고 싶은 욕구는 가보로 하여금
철의 장막을 넘게 했다.

그는 폴란드에 도착했다.

그리고 체코슬로바키아로 갔다.

거기서 프란츠 카프카가 태어난 도시 프라하도
방문했다.

여기서 『변신』을
썼군!

그리고 나치의 끔찍한 포로수용소
아우슈비츠에 도착했다.

가보는 그곳에서 아직도 느낄 수 있던 비참함에 동화되어 글을 쓰면서
눈물을 참을 수 없었다.

107

그는 영화를 공부해야겠다는 확고한
의지를 가지고 로마로 돌아왔다.

그리고 깊은 우정을 나누게 되는 토마스 구티에레스 알레아[22]를
알게 되었다. 가보는 영화 학교에 등록하고 싶었지만

'시나리오'는 과가 아니라 그냥 한 과목에 불과했다. 그러나
이탈리아의 네오리얼리즘과 자바티니의 작품을 알게 되었다.

할 수 없지.
경험을 토대로
쓸 수밖에.

가보뿐만 아니라 로마에서 공부하며 체류하는 많은 젊은이들이
이탈리아 네오리얼리즘의 이론을 성립한 핵심 인물 중 하나인 세자르
자바티니의 영향을 받았다.

자바티니는 시인이며, 기자, 그리고 화가였다.

가보는 시나리오의
기술적인 면을 공부했고
자바티니로부터
줄거리를 만드는 데
필요한 매커니즘을
배웠다.

22) Tomas Gutierrez Alea(1928~1996년). 쿠바의 영화감독.

108

그 후 짐을 싸서 파리로 갔다.

또 독방 신세군.

언제나처럼 라틴아메리카 사람들이 묵는 싸구려 호텔에 도착했다.

가보는 플리니오 아풀레요를 다시 만났고 그때부터 그와 평생 친구가 된다.

플리니오는 가보를 더 잘 알게 되었고 그가 겪게 되는 많은 고난을 함께했다. 결국 콜롬비아의 독재자가 된 로하스 피니야 장군은 〈엘 에스펙타도르〉를 폐간시켰고 가보는 졸지에 무직이 되었다.

남은 돈으로 간신히 다락방을 얻었다. 가보는 정치 망명자였고 사람들은 그를 알제리 사람으로 헷갈렸다.

독방에서 지하 감옥으로…

내 사랑스런 귀염둥이!

가보는 다락방에서 메르세데스의 사진을 보며 편지를 쓰기 시작했다.

그러면서 훗날 『불행한 시간』이라는 책으로 발표되는 콜롬비아 라 비올렌시아[23)에 대한 소설을 쓰기 시작했다.

탁탁, 탁탁

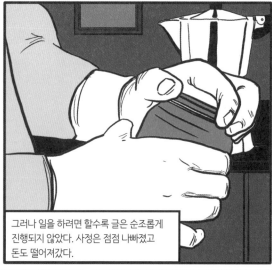

그러나 일을 하려면 할수록 글은 순조롭게 진행되지 않았다. 사정은 점점 나빠졌고 돈도 떨어져갔다.

제기랄, 커피도 떨어졌네.

가보는 신문과 병을 주워 푼돈을 벌기 시작했다.

더 이상 소설을 진전시킬 수 없자 방향을 바꾸기로 했다.

뭔가 다른 걸 생각해내야 해.

싸움닭과 전쟁 연금을 기다리며 사는, 전쟁에 참전했던 한 대령에 대해 글을 쓰기 시작했다.

23) 콜롬비아에서 1948년에 시작하여 10년간 20만 명이 죽은 내전을 '라 비올렌시아(La Violencia)'라고 부른다

가보는 톨스토이와 도스토예프스키의 땅, 소비에트 연방에 도착했다.

모스크바는 세계에서 가장 큰 도시군.

플리니오가 여동생과 함께 때마침 돌아왔다. 그는 가보에게 차로 동유럽을 여행하자고 제안했다.

가보는 동유럽 여행을 통해 직접 눈으로 확인하며 공산주의에 대한 관찰을 하게 되었다.

그는 목격한 것을 글로 남겼고 소비에트 연방국 체제의 약점을 보여주었다.

Gabriel García Márquez

De viaje por los países socialistas

90 días en la "cortina de Hierro" 24)

가보는 파리로 돌아온 후 바로 런던으로 향했다. 그의 유럽 여행도 종착역으로 달려가고 있었다. 거기서 『마마 그란데의 장례식』을 쓰기 시작했다.

그때 플리니오 아플레요의 편지를 받았다. 베네수엘라 신문사에 일자리가 있다는 거였다.

24) 『사회주의 국가들로의 여행 −철의 장막에서 90일』

세 번째

딩동딩동

이러다 늦겠네.

야, 깡통을 더 달아서
더 시끄럽게 해야지…

이런, 이 드레스는
너무 꽉 끼네.

성포도주가
얼마 안 남았네.

반지도 준비됐고,
더 필요한 건 없겠네.

3월 21일 오전 10시 40분.

이 가보 녀석,
정신이 좀 나갔지.

들어가죠.

야, 친구!

116

1958년 3월 21일 오전 11시, 바랑키야 성당에서 마침내 가브리엘 가르시아 마르케스는 운명적인 사랑과 결혼했다. 이제 누구도 그들을 갈라놓지 못하게 된다.

동지들, 이제 곧 도착하네.

그라나라는 이름의 작은 배 한 척이 1956년 11월 오후 쿠바 해안가에 도착했다. 그 배에는 '7월 26일 운동[25]'의 게릴라들 80명 이상이 타고 있었다.

혁명가들 중에는 피델 카스트로와 동생 라울, 카밀로 시엔푸에고스, 에르네스토 게바라, 그리고 후안 알메이다가 있었다.

무장해서 권력을 쟁취하자.

바티스타를 물리치자!

셋 하면 공격하는 거야…

게릴라들은 산에 몸을 숨기고 독재자를 타도하기 위한 전략을 짰다. 1957년과 1958년에 정부군에 대항해 싸웠고, 그 영향력은 민중의 지원 덕분에 더 커졌다.

그들은 1959년 1월 1일 승리하여 환호를 받으며 하바나에 입성했다. 선두에는 피델 카스트로가 있었다. 이로서 그는 1953년 시도했던 정부 타도 실패로 22개월이나 감옥에 있었던 설움을 만회했다.

드디어 이 나라에 사회주의 혁명이 찾아왔다!

25) 쿠바혁명의 시발점이 되는 몬카다 병영 습격 사건을 가리킨다.

우리가 이겼어!

라틴아메리카에서 이 사건은 큰 의미를 가지고 있는데, 역사상 처음으로 혁명으로 좌파정부가 정권을 잡았기 때문이었다.

플리니오, 어서 가자고. 역사가 우리를 부르고 있어.

아직도 실감이 안 나.

당시 가보는 베네수엘라의 다양한 언론매체에서 일하고 있었다. 그는 친구 플리니오 아풀레요와 함께 짐을 싸서 쿠바로 향했다.

가보는 현장에서 직접 혁명을 목격하게 된다.

이건 정말 굉장하군.

정말 열기가 장난 아니군.

혁명이 승리했습니다.

온 국민이 하나가 됐어.

바로 그해 가보는 중요한 소설을 완성했으니 그것은 『마마 그란데의 장례식』이었다.

바로 그해 역동적인 변화의 물결 속에 가보와
메르세데스에게도 변화가 찾아오게 된다.

곧 우리 첫 아이가
태어나요.

더 열심히 일할게.

가보, 곧 나올 거
같아요.

의사를
불러올게.

아악!

그들의 첫 아들 로드리고가 태어났다. 젊은 부부는 너무 행복했다.
가보의 친구 카밀로 토레스 신부가 아기에게 세례를 주었다.

아기가 너무
예뻐요.

혁명 세력의 후원하에 프렌사 라티나 관영 통신사가 설립되었다.
그 신문사의 창립자 호르헤 리카르도 메세티는 가보에게 하바나에 와서
함께 일해 달라고 요청했다.

그는 제의를 받아들였고 처음으로
가족과 떨어져 지내게 된다.

잠시 떨어져
있는 거야.

당연히 그래야죠.

응애.

가보는 하바나에 도착해서 신입 기자들의 교육을 책임졌고
곧 그곳에서의 일이 힘들고 정신없이 바쁘다는 걸 알게 되었다.

이걸 다 하라고!

동지들,
침착하게 하자고!

쿠바는 반혁명 세력 또는 미국의 침략으로부터 지속적인 위협을 받고
있었다.

뉴스는
정확해야 해.

게다가 권력을 잡기 위해 정통 칼럼니스트들과 기회주의자들이
난무해져 쿠바의 분위기는 그다지 좋지 않았다.

여기서 한 몫
잡으려는 사람들이
한둘이 아니군.

섬에서 공산주의자들을 추출해야 해.

한편 피그만 침공[26]으로 알려진 반군들의 움직임이 천천히 진행되고 있었다.

프렌사 라티나는 정통 칼럼니스트들의 압력으로부터 독립을 지키기 위해 안간힘을 썼고 남미 여러 수도에 지사를 설립했다.

편집장은 뉴욕에 사무실을 열기로 결정한 뒤 가보가 적임자라고 생각했다.

가비토, 짐을 싸서 양키들이 있는 곳으로 가.

AEROPUERTO INTERNACIONAL JOSE MARTI-LA HABANA[27]

영어도 모르는데 어떻게 하죠?

손짓 발짓 다 동원하면 돼.

1961년 가보는 부인과 아들과 함께 미국으로 향했다.

젊은 가족이 미국에 도착하고 얼마 후 미국은 쿠바와 외교관계를 단절했다.

우리는 쿠바가 세계인에게 위협적인 존재가 되길 바라지 않습니다.

존 F. 케네디가 대통령으로 당선되었다.

26) The Bay of Pigs. 1961년 4월 16일에 쿠바 혁명정권이 사회주의 국가선언을 하자 다음날인 17일 미 중앙정보국(CIA)이 주축이 돼 쿠바 망명자 1500명으로 '2506 공격여단'을 창설해 쿠바를 침공한 사건. 미 공군의 지원 부족으로 실패했으나 100여 명이 숨지고 1000여 명은 체포되었다. 카스트로와 미국 간의 대립은 이때부터 본격화되었다.
27) 호세 마르티 국제공항

정말 대도시야.

프렌사 라티나 사무실은 도시의 중심부에 자리 잡고 있었다.

정말 엉망진창이군.

가보가 사무실에 가보니 모든 것이 낡았고 혼돈 그 자체였다.

살인자!

카스트로는 물러나라!

가보에게 다시 힘든 시절이 시작되었다. 카스트로에 반대하는 사람들은 처음부터 프렌사 라티나에 큰 압박을 가했다.

전화를 안 받겠어.

따르릉, 따르릉, 따르릉.

젊은 가족은 반혁명 추종자들로부터 협박을 받았다.

저 경거망동한 행동에 제재를 걸어야 해요.

미국 정부는 라틴아메리카 대륙에 또 다른 쿠바가 등장하는 걸 저지해야 했다.

끊임없는 협박 전화는 가보와 가족이 참을 수 없을 정도가 되었다.

무서워요.

아무 일도 없을 거야.

오늘 당장 떠납시다.

가보는 미국을 떠나기로 결심했다.
힘든 여행이 되리라는 걸 알고 있었다.

골수 공산주의자들이 프렌사 라티나를
장악하고 있었다.

동지들, 이 골치 아픈 상황을 정리해버립시다.

가보와 가족은 멕시코행
버스를 탔다.

메르세데스, 어서 가자.
여기선 우리가 할 일이 아무것도 없어.

이제 우리 모두 좋아질 거야.

정말 위압적인 도시야.
아라카타카와는 완전 반대군.

기차는 미국 남부를 가로질러 갔다.

여기가 나의 스승 포크너의 고향이군.

운명은 가보로 하여금 미국 남부를 알게 했다.

과거에 윌리엄 포크너가 소설을 쓴 배경이 되었던 곳을.

가르시아 마르케스는 자신의 눈으로 포크너 소설 속 가상의 마을인 요크나파토파의 무대가 된 곳을 목격하게 되었다.

가보의 문학 세계도 미국 남부와 연결 고리를 갖게 된다.

마콘도는 바로 미국 남부 도시와의 절묘한 융합의 결과물이라 할 수 있다.

어이, 가비토!

친구 알바로 무티스가 가보와 가족을
멕시코시티에서 기다리고 있었다.

끝나지 않을 것 같았지만
떠나길 잘했어요. 여기는
친구들이 있으니까요.

여행은
어땠어요?

포크너의 땅을 봤지.

그렇담 이제 아즈텍의
땅을 알 차례가 됐군.

아무렴, 친구.

왠지 이곳에 오랫동안
머물 것 같다는 예감이
들어요. 여기를 잘 알게
될 것 같네요.

작가인 알바로 무티스는 도시 중심부의
레난 구역으로 그들을 데려갔다.

가보는 거대하고 힘이 넘치는 도시가
마음에 들었다.

정말 멋지군,
살아있는 아름다운
괴물 같아!

바닥에서 자는 거예요?

피곤함보다 좋은 매트리스는 없지.

여기가 식당 및 서재가 되는 거고.

이렇게 해서 세상에서 가장 빠른 이사를 끝냈네.

가보, 우리는 무일푼에 타지에 있어요.

걱정하지 마, 모두 잘 될 거야.

걱정하진 않아요. 단지 원하는 게 있다면 노란 꽃을 넣을 꽃병 하나 정도네요.

우리 공주님은 어때?

아직 공주일지 왕자일지는 모르지만 어쨌든 뱃속에서 잘 놀고 있어요.

가보 가족이 어느 정도 새로운 곳에 정착한 어느 날,
알바로 무티스가 뛰어왔다.

가보!
가보!

무슨 일이야?

이것 봐, 이것 좀
읽어봐. 어떻게 글을
쓰는지 배우기 위해
한번 읽어보라고.

그 책들은 멕시코 작가
후안 룰포의 『불타는 평원』과
『페드로 파라모』였다.

가보는 읽자마자 큰 감동을 받아

『변신』이래 그에게 가장 큰
충격을 준 책들이었다.

정말 내 혼을
빼놓는군.

거의 책을 외울 정도였다.

난 뭘 쓰지? 글로 표현하기 위해 과연 난 어떤 흥미로운 걸 가지고 있지?

종이에 쓸 만한 괜찮은 아이디어가 전혀 떠오르질 않아.

가보는 쓰고 싶지만 아직 시작도 하지 않은 이야기를 위해 고심했다.

그는 이해하고자 노력했다. 아라카타카, 마콘도…

나는 내 뿌리로 돌아가야 해.

그렇지 않으면 아무것도 할 수 없어.

라틴아메리카, 보편성…

다시 경제적 궁핍이 가족에게 찾아왔다.

아무것도 없네.
어떻게 하지? 마술이라도
부려야 하나.

가족을 부양하기 위해서
돈을 벌어야 해.

가보는 또 다시 고민에 빠졌다.

아빠…

이건 패션 잡지야.

문학과는
거리가 멀어.

다행이 몇몇 친구들의 도움으로
일자리를 구했다.

비록 자신의 지적수준에는 못 미쳤지만 가보는
생계를 꾸리기 위해 일자리를 받아들였다.

어떤 잡지예요?

천박함에
관한 것들.

가십같은 거?

그게 전부지.

조금만 참아요,
더 괜찮은 일자리가
생길 거예요.

모든 길이 꽉 막혀 있는 것 같았지만 가보는 친구의 제안으로 자신의 길을 열기 시작했다.

있잖아, 문학경연대회가 하나 있던데.

La mala hora

친구들은 에소상의 소설 분야에 응모하기 위해 『불행한 시간』 원고를 보내라고 했다.

가보는 원고를 보내기 위해 검토하기 시작했다.

이렇게 넥타이 하나를 또 보내네. 그래도 이게 내 출구가 될지 몰라.

탁월한 선택이야.

할머니가 언젠가 말했듯이. "산타 루시아여, 우리에게 행운을."

곧 나올 때가 된 거 같아요.

기다림의 연속이군. 뱃속 아기는 어때?

134

상금의 일부로 가보는 평소와 다르게 위험부담을 안은 투자를 했다.

나보고 미쳤다고 하겠지만 상관없어.

가보는 차를 샀다.

그런데 뭘 살까?

선생님께 딱 맞는 모델을 소개해드리죠.

가보가 특히 좋아하는 게 있었으니 그것은 바로 운전이었다.

가보는 가족이 함께 여행하기에 좋은 특별한 차를 발견했다.

완벽해. 메체가 좋아할 거야.

가보는 오펠62 세단을 선택했다.

이 차를 사겠어요.

경제적 궁핍함에서 벗어나 안정된 상황에서…

가보는 다시 집에 대한 소설을 쓰기 시작했다.
유령들만 사는 바로 그 집.

아이디어는 그의 머릿속에서
빙빙 돌았지만…

…적합한 소설의 어투를
찾을 수 없었다.

가보는 절망하기 시작했다.

작가로서의 인생이
끝난 거 같아.

꽉 막혀 어떻게 써야 할지 몰랐다.

137

창의력의 부재에 절망에 빠진 가보는 시나리오 작가로서 영화 세계에 잠시 발을 담기로 했다.

괜찮을 것 같아.

그의 첫 번째 각색 작업은 마누엘 바르바차노의 의뢰로 후안 룰포의 『황금수탉』을 각색하는 것이었다.

어려운 일이야.

누군가는 해야지.

Juan Rulfo
EL GALLO
DE ORO

소설은 반쯤 죽어가는 황금 수탉을 받고 지역에서 가장 중요한 닭싸움꾼으로 변신하는 디오니시오 핀손의 삶을 다루고 있다. 나중에 그는 베르나르다를 알게 되고 비극에 휩싸이게 된다.

가보는 열정적으로 일에 전념했다.

그리고 말로만 듣던 작가를 만나게 된다.

선생님, 만나 뵙게 되어 영광입니다.

당신 작품『페드로 파라모』는 그야말로 대작이죠.

아니, 왜죠?

고맙네, 가보. 그러나 이제 더 이상 글을 쓰지 않을 생각이야.

가치가 없어졌어. 펜이 다 말라버렸지.

시나리오 작가의 일을 통해 가보는 생애 최고의 친구들을 만나게 된다.

이제 인생이 내게 누굴 소개해줄까?

그는 바로 멕시코 작가 카를로스 푸엔테스였다.

가보, 만나서 반갑네.

그는 『세상에서 가장 맑은 곳』, 『아르테미오 크루스의 죽음』, 그리고 『아우라』의 작가였다. 훗날 둘은 라틴아메리카의 붐을 이끌어 간다.

가보는 푸엔테스와 함께 영화 세계에 푹 빠지게 된다.

항상 영화가 좋았어.

둘은 〈황금 수탉〉을 완성했다.

훌리오 코르타사르의 『팔방놀이』

마리오 바르가스 요사의 『도시와 개들』

알레호 카르펜티에르의 『계몽의 시대』

그리고 카를로스 푸엔테스의 작품들이 유럽 독자들 사이에서 큰 화제가 되었다. 이러한 붐에 딱 한 사람의 작가만 모자랐으니…

라틴아메리카 붐[28]은 1960년과 1970년대에 높은 예술성을 가진 작가 군단을 발굴해서 세상에 알린 출판계의 현상을 말한다.

말로만 듣던 작가들을 만나게 되는군.

28) 1940년대 전까지만 해도 단순히 유럽의 소설 양식을 모방해왔던 라틴아메리카 소설이 제2차 세계 대전 이후 질적으로 눈에 띄게 향상된다. 유럽과 미국 독자들의 높은 관심과 구미 출판사들의 번역에 힘입어 전세계 문학계에 부상하면서 중요한 위치를 차지하게 되었다.

시간이 흐르면서 영화계의 일은 가족에게 보다 나은 경제 상황을
약속했다.

당신에게 깜짝
선물이 있어.

뭐요?

가보의 가족은 더 크고
편한 아파트가 있는
주택가로 이사했다.

여보, 이곳은
너무 아름다워요.

이 상자는
어디 놓죠?

다들 행복해하는군…

구, 구, 구

여기를 내 서재로
써야지… 여기에 갇혀
지내야겠군.

또 모험이야?

당연하지!

함께 작업하는 친구와 함께 〈죽어야 할 때〉의
시나리오 작업을 시작했다.

영화는 훗날 가보의 책을 영화화하게 되는 아르투로 립스테인이
감독하게 된다.

신사들, 시나리오가
훌륭해요!

141

경제적으로 상황은 좋아졌지만 가보는 거기서 멈출 수 없었다.

이 세계에만 남아 있을 순 없어. 글을 쓰는 것만이 사는 길이야.

그렇지만 어디서부터 시작해야 할까.

가보는 글을 써야 한다는 걸 알았다. 글쓰기는 그의 존재 이유이기도 했으니까.

무슨 걱정거리 있어요?

어디서부터 시작해야 할지 모르겠어. 어떻게 글에 집중해야 할지도 모르겠고.

진정해요. 그러다 병나겠어요.

글을 안 쓰면 병이 날 거 같아.

우리 모두 휴가가 필요한 것 같네요. 거기서 더 잘 생각할 수 있을 거예요.

좋은 생각이야. 게다가 아이들에게 해변에 데려간다고 약속도 했으니까.

가보의 가족은 휴가 준비를 하기 시작했다.

우리 바다 간대!

이번 여행에서 뭔가 좋은 일이 일어날 거 같아.

흠 하나 없이 세차하고

자, 우리 모두 바다로 출발!

야호!

세상에 운전만큼 좋은 것은 없어……

생각들이 더 선명해지고…

가보 가족은 아카풀코 해변으로 향했다.

다행히, 프란시스코 포루아는 긍정적인 생각으로 회사를 설득했다. 게다가 소설을 아주 마음에 들어했다.

의심할 여지없이 이 세계는 정말 환상적이야.

Concurso de NOVELA

당시 아르헨티나에 소설 분야 문학 경연대회가 있었다.

여보세요? 마르케스 작가가 있나요?

프란시스코 포루아는 아르헨티나 작가 토마스 엘로이 마르티네스와 함께 문학 경연대회 심사위원으로 가보를 초청했다.

그들은 가보를 신문이나 문학잡지에서 사진으로 본 것 외엔 실제로 본 적이 없었다.

마콘도라는 환상의 세계를 만들어낸 작가 가보를 만난다는 기대감은 점점 더 커졌다.

어떨 거 같아?

콜롬비아인이라면 쾌활하겠지.

145

가보, 난 좀 떨려요.

사실 나도 그래. 그래도 마음을 단단히 먹자고.

환영합니다!

초청해주셔서 감사합니다.

긴 여행으로 피곤하고 배고프겠어요. 좋은 곳으로 갑시다.

하늘에서 하루 종일 보낸 기분이에요.

가보는 그들에게 놀라운 첫 인상을 남겼다.

당신의 소설은 마술적이더군요.

그들은 가보가 집시 같을 거라고 상상했었다.

쉬세요. 내일이 심사 날입니다.

감사해요.

어땠어?

카리브의 기운이 느껴지더군.

전설적인 사람 같아.

꼭 가르강튀아[29] 같던걸.

29) 프랑수아 라블레의 소설 『가르강튀아와 팡타그뤼엘 이야기(*Gargantua and Pantagrue*)』에 나오는 거인 왕.

어떤 사람들 같았어?

당신을 이상하게 쳐다보는 것만 빼곤, 앞으로 당신의 친구가 될 것처럼 보였어요.

아르헨티나에서 가보는 무명이었다.

완전 대도시군.

라틴아메리카의 유럽인들이잖아요.

여기서 우리는 두 명의 무명인이군.

이 기회를 이용해 천천히 거리를 산책하며 즐겨요.

이번 주 목요일에 그리셀다 감바로의 작품 〈쌍둥이〉의 공연에 초대할게요.

감사해요. 제목이 아주 재미있네요.

어느 날 오후 네 사람은 따뜻한 햇볕을 즐기며 카페에 앉아 있었다.

벌써 자네의 소설들이 서점들에 깔리고 있네. 자네 사진도 여기저기 잡지책에 실리고 있고.

프란시스코, 고마워요. 책이 나온 게 아주 마음에 들더군요.

이 시간에 이런 햇살 아래 바람이? 이상해.

저것 봐요!

장바구니에 책을 사 가네요.

장바구니에 책을 사 넣을 정도면, 이제 아무도 막을 수 없겠군.

연극 관람 날이 왔다. 가보와 메르세데스는 특별석에 자리 잡고 앉았다. 조명이 그 들을 비추기 시작했다.

갑자기 관객들 중 한명이 가보를 알아봤다. 그는 박수 치기 시작했다.

브라보! 브라보!

브라보! 멋진 소설이에요!

관객들은 가보에게 갈채를 보냈다. 토마스 엘로이는 훗날 이렇게 회상했다. "그 순간 나는 명성이 침대시트같이 하얀 날개에 쌓여, 레메디오스 라 베야처럼 하늘에서 내려와 가르시아 마르케스의 어깨에 내려앉는 걸 봤어요. 시간의 흐름으로부터 자유로운 휘황찬란한 빛과 함께 말입니다."

소설이 출간된 지 열흘 뒤, 소설은 5만 부가 팔렸다.

네 번째

1982년 9월 멕시코시티, 콜로니아 산
앙헬, 새벽 5시 30분

따료료르릉!

누가 새벽부터 전화를
하는 거야?

가보, 중요한 전화일 수도
있으니 받아요.

여보세요, 누군지 모르겠지만 좋은 아침이요. 도대체 무슨 일이죠?

뭐라고요? 네? 다시 말해 주시겠어요?

네, 네. 믿을 수가 없군요. 감사합니다. 좋은 아침이에요. 좋은 아침.

가보, 무슨 일이에요?

도대체 무슨 일인데 그래요? 얼굴이 백지장처럼 하얘졌어요.

메체! 내가 노벨문학상 수상자래!

가보, 하느님 감사합니다!

아직도 잠이 안 깼거나 꿈을 꾸고 있는 것 같아. 어쩌면 농담일지도 몰라. 날 놀리려는 터무니없는 농담일 수도 있어.

아니에요. 그런 농담은 하지 않아요. 당신이 드디어 해냈군요. 당신이 이겼어요!

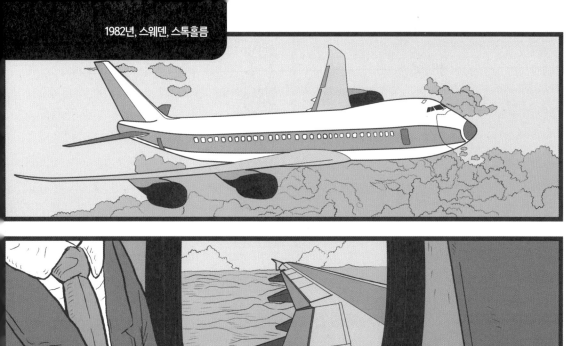

옷도 다
입었고!

사방에 노란 색 꽃을
준비해 놓았어요.

연설문도 완료되었고

이제 남은 건…

내 서명뿐…

속보를 전해
드리겠습니다.

가브리엘 가르시아
마르케스가 방금 노벨문학상을
수상했습니다. 다시 한 번
말씀드립니다. 가브리엘 가르시아
마르케스가 방금 노벨문학상을
수상했습니다.

1982년 12월 10일, 가브리엘 가르시아
마르케스는 노벨문학상을 수상한다.

엄마, 뭐해요?

하느님께 감사 기도한다.

스웨덴 왕으로부터…

가보는 작가가 받을 수 있는 최고의 상을 받는다.

세계는 그를 칭송했다. 가보는 자신이 항상 원했고, 그의 친구들은 더 간절히 바랐던 소원을 성취했다.

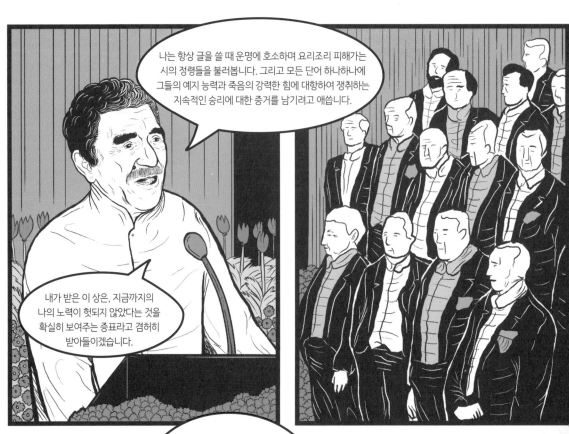

나는 항상 글을 쓸 때 운명에 호소하며 요리조리 피해가는 시의 정령들을 불러봅니다. 그리고 모든 단어 하나하나에 그들의 예지 능력과 죽음의 강력한 힘에 대항하여 쟁취하는 지속적인 승리에 대한 증거를 남기려고 애씁니다.

내가 받은 이 상은, 지금까지의 나의 노력이 헛되지 않았다는 것을 확실히 보여주는 증표라고 겸허히 받아들이겠습니다.

그와 같은 맥락에서 우리 아메리카의 위대한 시인 루이스 카르도사 이 아라곤이 한 말을 여러분께 바칩니다. 인간 존재의 유일한 구체적 증거는 바로 시입니다.

대단히 감사합니다.

스웨덴 왕 내외는 가보를 연회장 입구까지 배웅했다.
공주의 팔짱을 끼고 가보는 왕 내외와 작별 인사를 했다.

가보는 콜롬비아 정부가 준비한 문화 사절단과
친구들의 환대를 받았다.

가비토!

그런데 저 사람은
누구지? 신기루인가?

이런, 가고 있어.
잡아야 해.

저기요,
잠깐만요!

에필로그

『백 년 동안의 고독』은 세계 문학사의 고전이 되었다. 이 소설은 가상의 전설적인 마을 마콘도에서 대대손손 살아온 부엔디아 가족의 이야기이다. 호세 아르카디오와 우르술라는 이 가계의 시초이다. 부엔디아 가족이 세상에서 단 한 명도 남지 않고 사라지게 될 때까지 한 세기 동안 겪게 되는 비극을 다루고 있다.

고독은 책 전반을 지배하고 있다. 대령은 수많은 전쟁에 참여한 뒤 홀로 쓸쓸히 죽고, 호세 아르카디오는 나무에 묶인 채 홀로 죽음을 맞이하며 우르술라는 레베카, 아마란타, 그리고 다른 가족 구성원들과 마찬가지로 고독 속에 산다. 이 끔찍한 고독은 바로 사랑할 수 없는 능력의 부재에서 비롯된다.

이 책은 에스파냐어로 쓰인 책 중 역사상 가장 많이 팔린 책으로

지금까지 3000만 부 이상 팔렸다.

2007년에 에스파냐 레알 아카데미는 『백 년 동안의 고독』을 출판했다. 만차 지역 어딘가에서 돈키호테가 본 풍차는 불타는 카리브의 산맥 언저리 시에나가 땅속에서 아우렐리아노 부엔디아가 발견한 거대한 화물선과 만나게 되었다.

칠레의 시인 파블로 네루다는 이 소설은 우리 시대의 돈키호테라고 말한 적 있다.

에스파냐 레알 아카데미의 『백 년 동안의 고독』 출판 기념 행사는 카르타헤나에서 개최된 제4회 에스파냐어 국제학술대회에서 진행되었다.

IV CONGRESO
INTERNACI...
DE LA LEN...
ESPAÑOLA

2011년 5월, 중국의 씽킹덤 미디어 출판사는
중국어로 『백 년 동안의 고독』을 번역 출판했다.

불과 6개월 만에 책은 100만 부의 판매를 올리며
가장 많이 팔린 책이 되었다.

중국에서 『백 년 동안의 고독』은 대중 매체가 훌륭한 작품으로 가장 많이 선정한 책에 수여하는
상을 받았다. 중국 출판사의 편집장은 다음과 같이 말했다. "이 책의 저자는 온 인류에게 큰 문학적
가치를 지닌 인물이다. 우리는 앞으로도 계속 이 작가의 책을 출판할 것이다."

끝

부록

가보의 마법 같은 삶이 세상으로 나와 영원 속에 남게 되기까지

## 가보의 삶에 대한 글들

가브리엘 가르시아 마르케스의 삶은 수많은 책, 연구서, 일화, 에세이를 통해 다양한 형태로 발표되었다. 그중 작가의 삶을 가장 잘 표현한 인물들은 몇 명 열거하자면, 마리오 바르가스 요사, 카를로스 푸엔테스, 플리니오 아풀레요 멘도사, 제랄드 마틴, 후안 구스타보 코보 보르다 또는 루이스 하르스 등이 있을 것이다. 물론 가보가 직접 쓴 『이야기하기 위해 살다』를 빼놓을 수 없다.

이들은 각자 자신들의 방식대로 마르케스에 대해서 이야기하고 싶어했다. 누구는 그의 유년시절에 깊게 들어가고, 누구는 그의 작가로서의 성장과정에 중점을 두고, 또 누구는 그의 멕시코 시절 또는 파리 시절에 비중을 두기도 했다. 이렇듯 해석되고 재구성되는 그의 다채로운 삶으로부터 가보의 마술적인 요소가 형성되기 시작한다. 마르케스에게 마술적 사실주의는 뼛속까지 스며들어 있다. 이 책은 그의 놀라운 인생을 또 다시 이야기해보고자 시작되었다. 나는 마르케스의 삶을 재구성하는 데 있어 이미 발표된 수많은 글들을 참고했다. 그러나 나의 목적은 지금까지와는 다른 새로운 측면에서 파란만장한 작가의 삶을 해석하는 데 있었다. 이 책은 마콘도의 빛이 이미지와 융합되어 어둠속에서 태동하는 바로 그 창작의 순간을 보여주는 데 주력했다.

아카풀코 해변을 향하는 고속도로, 흰색 오펠 자동차, 행복한 가족, 운전대를 잡고 운전하는 것의 즐거움, 이 모든 요소들은 장장 20년 동안 작가의 머릿속을 맴돌던 상상력의 기폭제들이 되었다. 마르케스 스스로 말했던 바와 같이 그날 오후 그는 단숨에 『백 년 동안의 고독』의 한 챕터를 완성할 수 있을 만큼 영감으로 가득 차 있었다. 나는 바로 그 순간으로 이 책을 시작하는 것이 마르케스의 인생을 다시 이야기하는 데 있어 가장 적절하다고 생각했다. 가족과 함께 무심하고 행복하게 해변을 향해 운전하던 그날이 바로 마르케스의 마술적 사실주의의 초석이 되었기 때문이다.

창작의 시발점은 사물을 관찰하고 기억에 남는 그 순간이 아니라 시간이 흐른 뒤 기억을 떠올리게 되는 바로 그 순간이다. 다시 기억 속에서 되살아나는 그 하나밖에 없는 시간, 그리하여 형언할 수 없는 의미를 부여받게 되는 바로 그 시간. 마르케스의 많은 평전 작가들은 그가 23년이라는 세월이 흐른 뒤 엄마와 함께 아라카타카의 집을 팔러 돌아간 그 순간이, 작가로서의 창작 인생에 가장 중요한 순간이었다고 말한다. 그의 자서전도 바로 그 순간부터 시작된다. 그러나 첫 뿌리를 내린 그의 창작의 열매는 거의 17년이 지나서야 그 결실을 맺게 된다. 17년 동안 마르케스는 떨쳐버릴 수 없는 그 이야기를 등에 업고, 머릿속에서 맴돌던 이야기의 퍼즐 조각들을 완전히 끼어 맞출 때까지 세상 곳곳을 돌아다녔다. 그리고 생생한 마콘도라는 세상을 완성하기 위해서 작가는 18개월 동안 방에 칩거하며 수많은 해 동안 그와 함께했던 마술적인 세계에 물리적 형태를 건설해나갔다. 소설 속 인물 마우리시오 바빌로니아를 쫓아다니던 노란색 나비들처럼 마콘도라는 세계는 작가가 세상을 돌아다녔던 그 긴 세월 내내 그를 쫓아다닌 것이다.

창작의 순간들은 한 인간의 삶에 큰 의미가 있는 순간들과 견고하게 이어져 있다. 적어도 가르시아 마르케스의 작품이 창작되는 순간들은 그러하다. 유년시절 할아버지, 할머니 집에서 보낸 순간들, 집과 마을이 폐허가 된 것을 눈으로 확인했던 그의 청년 시절의 순간들, 가장으로서 가족을 부양하기 위해서 그다지 마음에 들지 않았던 일을 하고 차를 몰고 휴가를 떠난 멕시코에서의 시절은 견고한 원형의 시간으로 그를 몰고 간다. 바로 유년시절과 행복으로의 회귀다. 마술적 사실주의와 함께 가보는 자신이 태어난 곳, 얼음을 처음으로 알게 된 곳으로 돌아간다. 그 시간은 가보의 머릿속에서 다시 살아나고 폭발하여 현실에 뿌리박은 인생에 정면으로 도전하고 승리한다. 그리하여 다른 시간에 존재하는 마콘도라는 마을이 삶과 비극, 고독과 마법으로 가득 찬 하나의 거대한 성처럼 현실의 시간으로 들어오게 된다.

바로 그 원형의 순간부터 아카풀코를 향해 고속도로를 달리던 마르케스의 머릿속은 온통 한 가지 생각으로 가득 차 있다. 그것은 바로 글을 쓰는 것. 부인 메르세데스는 가족의 생계를 책임지며 작가가 마술적 세계를 창조하는 데 있어 무한한 조력자의 역할을 맡는다. 하루가 지나고, 달이 지나고, 해가 바뀐다. 드디어 어느 날 마르케스는 종이 뭉치를 들고 방을 나온다. 이제 마콘도라는 마을은 사람들의 집, 삶, 사랑, 전쟁, 좌절, 고독과 함께 완성되어 더 이상 마우리시오 바빌로니아를 쫓아다니는 노란 색 나비들처럼 작가를 쫓아다니지 않게 된다. 그 유별난 세상은 자신의 방식대로 돌아가고 모두가 갈 수 있는 곳이 되었다. 그곳은 바로 책이다. 책은 세상 모든 독자들에게 열려 있다. 마술은 더 이상 마르케스의 머릿속에 있지 않다. 이제 『백 년 동안의 고독』이라는 소설 속에, 그리고 그의 다른 작품들 속에 살아 있기 때문이다.

## 에스파냐어로 쓰인 역사상 가장 위대한 작품

『백 년 동안의 고독』은 그 제목처럼 과장된 이야기가 우리를 기다리고 있음을 암시하고 있다. 그 고독이라는 것이 20년, 50년도 아니고 100년 동안이나 계속 된다는 것은 이해의 한계를 벗어난다. 거기서부터 이 소설의 모든 것이 인간이라는 존재의 과장된 양상들을 보여줄 것이라고 암시한다. 마르케스가 열여덟 살에 '집'이라는 소설을 처음 쓰기 시작했을 때만 해도 그 기본적인 재료는 존재하지 않았을 것이다. '집'은 단순하고 정상적이고 거의 눈에 띄지 않았다. 그러나 시간이 흘러감에 따라, 작가 스스로 말한 바와 같이 그 '집'은 전설적인 요소로 무장되기 시작했다. 빛바래고 잊혀진 현실은 강력하고 풍부하며 생동감 넘치는 환상이라는 옷을 입은 다른 시간으로 대체된다. 또 한편으로는 제목에서부터 알 수 있듯이 가늠할 수 없는 깊이의 불행이 암시된다. 사실 한 가족이 대대손손 고독 속에 살 운명에 처해 있다는 것은 끔찍하기 그지없다. 어쩌면 마르케스는 인간 존재의 조건 중 하나인 고독을 이해하고 있었을지도 모른다. 독일의 라이너 베르너 파스빈더 감독은 이 생각을 다음과 같이 표현한 적 있다. "우리는 고독하기 위해서 태어나진 않았어요. 그러나 그렇다고 해서 우리가 함께할 방법을 배운 건 아닙니다."

『백 년 동안의 고독』은 에스파냐어로 쓰인 역사상 가장 위대한 고전 중의 하나이다. 소설은 가상의 마을 마콘도라는 곳에 사는 부엔디아 가족의 이야기를 다룬다. 호세 아르카디오 부엔디아와 우르술라 이구아란은 이 가계의 시초이다. "맑은 물이 흐르는 강가에 만들어진 진흙과 갈대로 지은 스무 채 정도의 집밖에 없던 작은 마을"은 조금씩 발전하며 근대화의 물결에 개방된다. 이곳에서 부엔디아 가족은 지구상 흔적이 하나도 남지 않게 될 때까지 한 세기 동안 사랑, 환상, 그리고 고독의 비극 속에서 삶을 살게 된다. 부엔디아 가족을 감싸는 주된 불행은 고독이다. 대대손손 이 가족들 위에 내리워진 운명처럼 말이다. 아우렐리아노 부엔디아 대령은 수많은 전쟁에서 싸운 뒤 쓸쓸히 죽고 호세 아르카디오 부엔디아는 나무 기둥에 묶인 채 쓸쓸히 죽는다. 우르술라는 맹인이 되어 레베카, 아마란타, 그리고 다른 가족 구성원들과 마찬가지로 고독 속에 살다 죽는다. 이 모든 고독의 원인은 어쩌면 사랑할 수 없는 능력의 부재일지도 모른다. 부엔디아 가족은 영원한 벌을 받았으니 그것은 바로 사랑의 부재다. 부글부글 끓어오르는 마콘도에서 불길한 조짐들과 놀라운 발견들에 대한 이야기들이 펼쳐진다. 얼음과 자석을 가져온 남루한 집시들, 불면증과 망각의 역병을 가져온 인디오들, 돼지 꼬리를 가지고 태어난 아이들, 내전과 독재자들, 대학살, 예언이 난무하고 하늘로 공중 부양하는 여자들, 그리고 노란 나비들이 좇아다니는 남자들. 이 모든 환상적이고 치명적인 세계는 이 가족과 함께 끝나게 된다. "왜냐하면 백 년 동안의 고독의 운명을 타고난 이 가족은 이 땅에서 두 번의 기회를 가질 수 없었기 때문이다."

## 일상의 마법이 글을 통해 세상에 나오던 순간

콜롬비아에서는 현실이 이야기를 능가한다. 일상은 믿을 수 없는 이야기들로 넘쳐나고 사람들은 이러한 사건들을 받아들이기 위해서 안간힘을 쓴다. 이러한 현상은 라틴아메리카 전역, 어쩌면 세계 도처에서 일어나고 있을지도 모른다. 삶 자체가, 그리고 그 역사가 놀랍고 믿기 어려운 일들의 연속이다. 그것이 바로 마르케스의 작품의 무대이기도 하다. 문학 비평가들과 출판계는 이와 같은 작가의 문학세계에 이름을 붙였는데, 바로 마술적 사실주의다.

그렇다면 마술적 사실주의는 무엇인가? 이는 20세기 중반에 나타난 예술 및 문학 장르로 1960년과 70년대에 그 힘이 공고해지며 라틴아메리카 문학의 특징적인 요소로 나타나게 되었다. 그 특징은 일상적인 것을 환상적이고 초자연주의적인 것처럼 보여주는 것이다. 이상한 것은 더 이상 이상하지 않다. 만일 누군가 죽는데 다음날에 살아난다 해도 이상한 게 아니다. 오히려 일어날 만한 일인 것이다. 시간에 대한 개념도 일그러져 있다. 현실은 소멸 위기에 있으며 사람들은 과거, 또는 아주 오래된 과거를 바라보고 산다. 그 시간은 원형이며 직선이 아니다. 현실과 환상은 조화로운 형태로 공존한다. 『백 년 동안의 고독』은 마술적 사실주의의 최고봉이다. 거기서 아름다운, 미녀 레메디오스는 어느 평범한 날, 정원에 침대 시트를 깔고 공중 부양하기 시작한다.

… 침대 시트의 날갯짓 사이로, 거의 장님이 된 우르술라만이 멈출 수 없는 그 신기한 바람이 왜 불어오는지 감지할 만큼 침착했다. 광선이 이끄는 대로 침대 시트가 날아가

도록 손을 놓았다. 미녀 레메디오스는 자신을 떠받치고 공중으로 날개짓 치며 떠올라 가는 침대 시트 가운데서 손짓으로 작별 인사를 하고, 풍뎅이와 달리아가 있는 정원을 남긴 채 오후 4시의 하늘을 날아올랐다. 세상 그 어떤 높이 나는 새도 따라갈 수 없는 높은 하늘로 영원히 사라졌다.

그러나 마르케스의 가장 완벽한 기술은 아마도 시간을 다루는 솜씨일 것이다. 거장답게도 그는 같은 문장에서 불완료 과거를 복합완료 과거와 함께 사용한다. 이를 통해 독자들은 『백 년 동안의 고독』의 가장 핵심적인 장면에서 매력적인 시간들의 대립을 보게 된다. 『백 년 동안의 고독』은 바로 이렇게 시작한다.

오랜 시간이 지난 뒤, 총살형 집행대 앞에 선 아우렐리오 부엔디아 대령은 아버지가 처음으로 얼음을 보여줬던 오래 전 그 오후를 회상했다.

여기에 이 장면의 인물이 먼 훗날 사람인데도 불구하고 그 순간에는 오래된 과거를 회상하고 있다. 유년시절의 원형의 시간은 삶의 끊임없는 발자국들로 인해 폭발하고 증발되며, 현실에서는 완전히 사라졌다가 다시 이어져 그 행복의 순간을 되돌려준다. 그리고 그 이야기는 책을 통해 영원 속에 남게 된다. 이것은 접착제를 가지고 깨진 도자기를 붙여 나가며 깨진 부분들을 점점 사라지게 하는 것과 같다. 이렇게 해서 마술은 모습을 드러내는 것이다.

2013년 1월, 저자 오스카르 판토하

# 참고 도서

『구아야보 열매의 향기, 플리니오 아풀레요 멘도사와의 대화(*El olor de la guayaba, Conversaciones conPlinio Apuleyo Mendoza*)』, 플리니오 아풀레요 멘도사, 라 오베하 네그라(La Oveja Negra) 출판사, 1982, 보고타.

『가브리엘 가르시아 마르케스, 그의 삶에 대한 기록들, 그의 작품에 대한 에세이(*Gabriel Garcíia Máarquez, Testimonios sobresu vida, Ensayos sobre su obra*)』, 후안 구스타보 코보 보르다, 시글로 델 옴브레 에디토레스(Siglo del Hombre Editores), 1992, 보고타.

『라틴아메리카의 아이콘들, 20세기의 9가지 포퓰리즘 전설(Iconos latinoamericanos, 9 mitos del populismo del siglo XX)』, 잉게르 엔크비스트, 시우다델라 리브로스(Ciudadela Libros), 2008, 마드리드.

『백년 동안의 고독(*Cien aňnos de soledad*)』, 가브리엘 가르시아 마르케스, 라 오베하 네그라 출판사, 1994, 보고타.

『대령에게는 편지가 오지 않는다(*El coronel no tiene quien le escriba*)』, 가브리엘 가르시아 마르케스, 브로게라(Brugiera) 출판사, 1980, 바르셀로나.

가브리엘 가르시아 마르케스, 『낙엽(*La hojarasca*)』, 가브리엘 가르시아 마르케스, 그루포 에디토리알 노르마(Grupo Editorial Norma), 1996, 보고타.

가브리엘 가르시아 마르케스, 『모든 이야기들(*Todos los cuentos*)』, 가브리엘 가르시아 마르케스, 라 오베하 네그라 출판사, 1986, 보고타.

가브리엘 가르시아 마르케스, 『이야기하기 위해 살다(*Vivir para contarla*)』, 가브리엘 가르시아 마르케스, 에디토리알 노르마(Editorial Norma), 2002, 보고타.

제랄드 마틴, 『가브리엘 가르시아 마르케스, 그의 삶(*Gabriel Garcíia Máarquez, Una vida*)』, 데바테(Debate), 2009, 바르셀로나.

## 참고 사이트

자서전과 삶: http://tinyurl.com/pbkgspj

세르반테스 가상 센터: http://tinyurl.com/qyc64la

노벨상 수상 수여식: http://tinyurl.com/q5ar74y

콜롬비아는 기억한다, 가브리엘 가르시아 마르케스: http://tinyurl.com/c66dsho

가브리엘 가르시아 마르케스 인터뷰 (1982): http://tinyurl.com/pqgfyo5

마법의 작품: http://tinyurl.com/qdkghvl

어느 원고의 문학적 오디세이:http://tinyurl.com/pc43lb4

창작의 결정적 순간들: http://tinyurl.com/os23emj

마법적 삶: http://tinyurl.com/pzzhn65

# 연표

| | |
|---|---|
| 1927 | 가브리엘 가르시아 마르케스 출생. |
| 1928 | 바나나 농장 대학살 사건 발생.<br>부모님이 바랑키야로 이주하며 가보는 조부모와 살게 된다. |
| 1930 | 여동생 마르곳이 함께 살기 위해 온다. |
| 1932 | 메르세데스 라켈 바르차(부인) 출생. |
| 1934 | 부모님이 아라카타카 집으로 돌아온다. |
| 1936 | 작가의 가족이 신세 마을로 이주한다. |
| 1940 | 바랑키야에서 고등학교 생활 시작.<br>에스파냐 황금시기 시인들의 작품 읽기 시작한다. |
| 1943 | 보고타로 여행한 뒤 시파키라로 가서 고등학교 마친다. |
| 1947 | 콜롬비아국립대학교에 입학.<br>'파란색 개의 눈'이라는 첫 번째 이야기들을 쓰기 시작한다. |
| 1948 | 호르헤 엘리에세르 가이탄이 암살되고<br>가보는 대학을 중퇴하고 카르타헤나로 돌아간다. |
| 1950 | 바랑키야로 이주해 라 쿠에바에서 친구들을 사귀게 되며<br>〈엘 에랄도〉에서 일하기 시작한다. |
| 1952 | 엄마와 함께 집을 팔기 위해 아라카타카로 돌아가는 길에 마콘도를 발견한다. |
| 1954 | 보고타로 돌아와 〈엘 에스펙타도르〉에서 일하며<br>『표류자 이야기』를 쓰기 시작한다. |
| 1955 | 신문사 특파원으로 유럽을 여행함. 『낙엽』 발표. |
| 1956 | 파리에서 경제적 궁핍 속에 『대령에게는 편지가 오지 않는다』 집필. |
| 1957 | 철의 장막 나라들을 여행한 뒤 런던으로 돌아온다. |
| 1958 | 메르세데스와 결혼. 후에 베네수엘라를 여행한다. |
| 1959 | 혁명 승리 후 쿠바를 여행함. 프렌사 라티나 쿠바 관영통신에서 일하기 시작. |
| 1961 | 프렌사 라티나의 특파원으로 뉴욕으로 이동하며 미국 남부를 알게 된다.<br>멕시코로 이사한 후 『불행한 시간』으로 에소(Esso)상 수상. |
| 1962 | 『마마 그란데의 장례식』 집필. |

| 1963 | 멕시코에서 시나리오 작가로 일하기 시작. |
|------|-----|
| 1965 | 가족과 함께 아카풀코 해변으로 휴가를 가던 중 『백 년 동안의 고독』의 첫 문장을 떠올린다. |
| 1967 | 18개월 뒤 『백 년 동안의 고독』 완성. 부에노스 아이레스의 수다메리카나 출판사에서 발표된다. |
| 1971 | 콜롬비아대학교로부터 명예박사학위를 받는다. |
| 1973 | 『행복한 무명시절』 발표. |
| 1975 | 『족장의 가을』 집필 완성 및 발표. |
| 1976 | 개인적인 일과 정치적 성향의 차이로 가르시아 마르케스는 마리오 바르가스 요사와 멀어지게 된다. |
| 1980 | 『예고된 죽음의 연대기』 집필 시작. |
| 1981 | 『예고된 죽음의 연대기』 발표. |
| 1982 | 노벨문학상 수상. |
| 1985 | 『콜레라 시대의 사랑』 발표. |
| 1990 | 구로사와 아키라가 『족장의 가을』의 영화화에 관심 갖게 된다. |
| 1992 | 『열두편의 방황의 이야기들』 발표. |
| 1994 | 『사랑과 다른 악마들』 발표. |
| 2002 | 첫 번째 자서전 『이야기하기 위해 살다』 발표. |
| 2007 | 에스파냐 레알 아카데미는 작가의 공로를 기념하기 위해 『백 년 동안의 고독』 기념판 출판. |
| 2012 | 85세에 노벨문학상 수상 25주년 기념. 중국에서 처음으로 『백 년 동안의 고독』이 출판되어 불과 몇 달 만에 백만 부 팔린다. |
| 2014 | 4월, 87세의 나이로 세상을 떠난다. |

# 우리는 누구나 마법 같은 삶을 살고 있다.

어떤 작가들의 작품은 작가의 삶과 큰 연관성이 없다. 하지만 어떤 작품은 작가의 삶과 떼려야 뗄 수 없이 밀접한 관계를 가지고 있다. 가브리엘 가르시아 마르케스는 후자다. 『백년 동안의 고독』은 마르케스의 삶 그 자체이다.

이 책은 콜롬비아 국민으로부터 많은 사랑을 받아 가보라는 애칭으로 불린, 노벨 상 수상작가 가브리엘 가르시아 마르케스의 삶을 다루고 있다. 우리나라에서도 번역 되어 이미 많은 사람들이 읽었을 『백년 동안의 고독』은 책의 두께도 그렇지만, 이해하 기 어려운 신비한 일로 가득차 있어서 선뜻 읽어내려 갈 수 있는 책은 아니다. 그렇지 만 한번 그 매력에 빠지면 헤어나오기 힘든 책이기도 하다.

가상의 마을 마콘도라는 곳에서 백 년 동안 고독하게 살아갈 운명에 처해 있는 부 엔디아 가족의 이야기. 그곳에서 부엔디아 가족은 우리가 상상할 수 없는 비현실적인 사건들의 주인공들이자 목격자가 된다. 돼지 꼬리를 가지고 태어난 아이들, 침대 시트 를 타고 하늘로 날아오르는 여자, 흙을 먹는 여자, 어느 날 마을을 강타하는 불면증과 망각의 전염병… 상상을 초월하는 일들이 일상적으로 일어나 우리의 정형화된 뇌를 뒤흔든다.

가브리엘 가르시아 마르케스의 마법 같은 삶을 다루고 있는 이 책을 보면, 『백 년 동안의 고독』이 읽고 싶어질 것이다. 『백 년 동안의 고독』을 읽고 나면, 다시 이 책이 읽고 싶어질 것이다. 왜냐하면 마법 같은 도시 마콘도와 그곳에서 일어나는, 어떻게 보면 비정상적이기도 하고 비현실적인 이야기들은 작가의 유년시절에서부터 성인이 될 때까지 그의 삶과 긴밀하게 이어져 있기 때문이다.

이 책은 많은 매력을 가지고 있다. 가브리엘 가르시아의 삶을 마치 한 편의 영화를 보는 것처럼 결정적인 순간들만 흥미롭게 그리고 있으며, 『백년 동안의 고독』이라는 대작이 어떻게 탄생하게 되었는지, 왜 작가는 이 책을 써야만 했는지 잘 이해할 수 있게 해준다.

지금은 전 세계 거의 모든 언어로 번역되어 중국에서는 베스트셀러로까지 등극한 이 책이 출판되기까지의 우여곡절들을 보면, 가브리엘 가르시아 마르케스의 삶 자체가 마법적이라고밖에 할 수 없다는 생각이 든다.

나는 이 책을 번역하면서 오래전 『백년 동안의 고독』을 처음으로 읽었던 중학교 때의 부에노스아이레스로 순간 이동하는 멋진 경험을 했다. 그리고 지금 이 순간은 번역가로서의 내 삶에서 또 다른 전환점인, 북경에서의 마법적인 삶을 막 시작하고 있다.

백년 동안이나 계속되는 그 무시무시한 고독은 누구나 비현실적이라고 생각할 것이다. 그러나 이 책의 저자 오스카르 판토하의 말처럼 현실은 픽션을 능가하고, 우리는 누구나 다 그렇게 우리만의 마콘도에서 우리만의 마법적인 순간들을 살고 있는지도 모른다.

2015년 4월 2일 북경에서, 유아가다

## 작가 소개

### 오스카르 판토하 – 시나리오 (1971년 출생)

『아들』이란 소설로 2001년 알레호 카르펜티에르 소설상을 수상한 작가이자, 1998년부터 2001년까지 문화부 영화 장학생으로 공포와 사랑에 대한 영화를 만들었다. 다수의 시나리오와 시청각 프로젝트에 참여했고 현재 신문기자, 시나리오, 소설 및 출판 프로젝트에 작가로 일하고 있다. 수트 101닷넷(Suite 101.net) 매거진에 글을 쓴다. 2009년부터 단편 소설가들의 가상 작업실과 힐베르토 알사테 아벤다뇨 재단 프로젝트의 책임자로 있다. 완성된 세 개의 소설과 머릿속에 구상중인 다양한 프로젝트가 있다.

### 미겔 부스토스 – 일러스트레이터 (1973년 출생)

콜롬비아대학교에서 그래픽디자인을 전공했고, 지금까지 코믹과 일러스트레이션에 전념했다. 그의 작품에는 기술적인 표현력, 연필의 정교함이 두드러지며 어둡고 내면적인 이야기에 끌리는 경향이 있다. 일러스트레이션과 만화로 콜롬비아 내에서 다양한 수상을 했다.

### 펠리페 카마르고 로하스 – 일러스트레이터 (1988년 출생)

콜롬비아 하베리아나대학교에서 시각디자인을 전공했고 졸업 작품으로 상을 받았다. 도시에서의 소통 부재라는 주제에 빠져 첫 번째 개인전을 그 주제로 진행했다. 그의 첫 번째 그래픽 노블은 『고독한 노인과 단절된 할머니』로 개인전에 맞춰 출판했으며, 다양한 그룹 전에도 참여했다. 그림과, 일러스트레이션, 만화, 그리고 출판디자인에 많은 관심을 가지고 있으며, 〈라 가세티야 데 로봇〉과 〈라르바〉 매거진에 만화를 발표하기도 했다. 콜롬비아 국제만화페스티벌 엔트레비녜타 2012년에 초대받았고, 로봇 출판사가 출간한 라파엘 폼포 헌정 책에 참여했다.

### 타티아나 코르도바 – 일러스트레이터(1988년 출생)

하베리아나대학교를 졸업한 재능 있는 보고타 태생의 젊은 예술가이다. 하베리아나대학교에서 조형예술을 가르치고 있다. 말로카, 바카니카, 콜사니타스 매거진, 디네로,

엘 말펜산테, 오르사이 출판사 (에스파냐) 등의 다양한 회사들의 일러스트레이터로 일한다. 그녀의 작품은 콜롬비아, 미국 그리고 멕시코에서 전시되었다. 현재 유화로 그린 만화 『삽화 시리즈』도 작업하고 있다. 일하지 않을 때도 항상 수첩을 들고 다니면서 그림을 그리며, 친구들과 수다를 떨거나 책을 읽거나 또는 정원을 가꾸기도 한다.

**유아가다 – 옮김**

한국외국어대학교 통번역대학원에서 에스파냐어를 전공했다. 에스파냐와 중남미의 좋은 작품들을 우리나라에 소개하고 우리말로 옮기는 일을 하고 있다. 에스파냐어로 번역한 우리나라의 작품들을 멕시코와 에스파냐에서 출판하기도 했다. 그동안 우리말로 옮긴 책으로는 『얘가 먼저 그랬어요!』, 『눈을 감고 느끼는 색깔여행』, 『내 사촌 다운』, 『세상의 모든 병을 고치는 꼬마의사』, 『나쁜 말 팔아요』 등이 있고, 에스파냐어로 옮긴 책으로는 『조그만 발명가』, 『두 사람』, 『지하정원』, 『과학자가 되는 과학적인 비결』 등이 있다.

이 도서의 국립중앙도서관 출판시도서목록(CIP)은
서지정보유통지원시스템 홈페이지(http://seoji.nl.go.kr)와 국가자료공동목록시스템(http://www.nl.go.kr/kolisnet)에서
이용하실 수 있습니다. (CIP제어번호: CIP2015009966)

# 마르케스
## 가보의 마법 같은 삶과 백년 동안의 고독

초판 1쇄 발행 2015년 4월 17일

글    오스카르 판토하
그림  미겔 부스토스, 펠리페 카마르고 로하스, 타티아나 코르도바
옮김  유아가다
펴냄  윤미정

편집  박이랑
홍보 마케팅  하현주
디자인  강현아

펴낸곳 푸른지식 출판등록 제2011-000056호 2010년 3월 10일
주소 서울특별시 마포구 월드컵북로 16길 41 2층
전화 02)312-2656  팩스 02)312-2654
이메일 dreams@greenknowledge.co.kr
블로그 www.gkbooks.kr

ISBN 978-89-98282-23-3 03800